La femme qui pleure

Viktor Lazlo

La femme qui pleure

ROMAN

Albin Michel

À Maxime

« L'ego ne reste supportable
que s'il se sait aimé. »

Jean-Luc Marion

« Chacun de nous a son passé enfermé en lui comme les pages d'un vieux livre qu'il connaît par cœur, mais dont ses amis pourront seulement lire le titre. »

Virginia Woolf

1

Cette nuit j'ai rêvé que rien ne s'était passé.

Ils ne me font plus peur. Je ne suis pas devenue folle, je n'ai commis aucun crime, la vie peut reprendre son cours normal et le bonheur, ses droits.

Le réveil est plus dur. Il faut se lever, poser sur le sol glacé mes pieds gonflés et durcis par l'immobilité d'une trop courte nuit, ouvrir péniblement les yeux dans la pénombre et, pire, allumer la lumière sur la réalité sordide de mon existence.

J'aurai quarante ans dans quinze jours.

Il fait horriblement froid dans cette chambre. Ils n'allumeront le chauffage qu'à la fin du mois alors que l'automne s'annonce glacial. Je n'ai droit à aucun vêtement personnel. Mon beau kimono de soie aux grands dessins rouges et noirs est resté à la maison. La maison. Je me répète le mot sans cesse et plus je le retourne dans ma tête, plus il se vide de son sens. Je n'ai plus de maison puisque j'en ai anéanti les fondations, disent-ils. Je n'ai plus de famille non plus. Rien. Il ne me reste que moi-même, sans aucun droit, sans aucune prise sur ma propre vie.

Ce matin, comme tous les matins depuis que j'ai atterri ici, j'ai ouvert les yeux avant l'arrivée massive des neuroleptiques. Il paraît que je suis encore trop agitée. Si seulement ils voyaient ce que je vois : cet embouteillage d'images qui défilent dans ma tête.

2

Je m'appelle Ida.

Ida, comme dans le conte que racontait ma grand-mère à maman, qui s'intitulait *Ida et les fleurs*.

C'était l'histoire d'une jolie petite fille bien sage qui n'avait comme passion dans sa vie solitaire d'enfant unique que les fleurs de son jardin. Elle vivait entourée d'adultes, de majordomes et de bonnes, de cuisinières et de valets, voyant ses parents entre deux portes, le matin avant l'arrivée de l'ennuyeux précepteur et le soir quand ils passaient l'embrasser en partant pour l'une ou l'autre soirée.

Dès qu'elle avait fermé les yeux, toutes les fleurs du jardin et de la maison, qu'elles fussent joliment arrangées dans leurs vases ou bien à leur place dans les parterres soigneusement bêchés, se regroupaient dans le grand salon pour un bal merveilleux.

Les muguets tintaient de leurs clochettes, les glaïeuls faisaient sonner leurs trompettes en fanfare, les violettes caressaient de fragiles violons tandis que les tournesols éclairaient de leurs mille feux l'arrivée éblouissante du roi et de la reine des fleurs, les deux plus belles roses du jardin. Et ce riant mélange de bouquets idéaux dansait, virevoltait jusqu'au petit jour. Aux premières lueurs, chaque fleur regagnait sagement sa place, qui son vase, qui son coin de pelouse, laissant le salon si bien rangé que personne n'aurait jamais pu soupçonner ce qui s'y déroulait la nuit.

Quand Ida se réveillait, elle courait saluer ses fleurs et c'est avec une infinie tristesse qu'elle découvrait ses tulipes chéries et ses roses trémières fanées, leurs pétales mollement échoués à terre, le myosotis et la jonquille tout flétris, tête baissée, les fuchsias sans lumière. Alors qu'elle tentait sans succès de leur redresser la tête, le jardinier grincheux, muni de son cruel sécateur, passait dans les allées, coupant sans pitié les pauvres fleurs fanées.

Il en allait de même dans la grande maison où l'on remplaçait bien vite les bouquets fatigués par de belles gerbes fraîches.

Une nuit cependant, Ida se réveilla, alertée par une imperceptible mélodie. Elle suivit la musique jusqu'au salon et là, entrebâillant la porte, découvrit le spectacle fabuleux qui s'offrait à elle. Plus belles qu'elle ne les avait jamais vues, ses fleurs se donnaient corps et âme à la danse, riant à corolles déployées.

Elle ne put demeurer longtemps cachée, la haie

d'œillets qui surveillait les issues la repéra très vite et l'invita à participer au bal à la condition de ne jamais révéler le secret.

Plus jamais Ida ne s'attrista de la mort des fleurs, elle savait désormais que leurs vies étaient heureuses et bien remplies et qu'elles ne connaîtraient jamais l'ennui...

Ma mère m'a ainsi nommée, espérant que j'aimerais les fleurs autant qu'elle les avait aimées, en souvenir de la petite Ida.

Mais il s'avéra très tôt qu'à tout ce qui était vert et contenait de la chlorophylle, j'étais allergique.

3

– Ida, tu n'es qu'une ratée, ma pauvre fille, tu n'arriveras jamais à rien !

J'ai seize ans. Je ne serai pas la violoniste virtuose qu'on espère. C'est la première fois que je m'érige contre mon père. Je suis déterminée. Cela fait dix ans que je me plie aux désirs de cet homme que j'aime plus que tout, dix ans que je tente de m'imaginer gagnant le concours Reine-Élisabeth qu'il suit religieusement chaque année. Une année sur quatre, c'est le tour du violon, suivi du piano puis de l'orchestration. En calculant bien et surtout en me tuant aux exercices de ces monstrueux cahiers bleus, je devrais y arriver dans trois ans. Même les professeurs me disent douée, cela ne dépend que de moi… C'est comme pour tout d'ailleurs, je n'aime pas travailler. Non. Cette vision statique de violoniste devant son pupitre ne me convient pas. Je respecte mon instrument, c'est tout. J'en connais le prix et je sais que son acquisition fut un sacrifice pour mes parents.

Pourtant, je n'ose pas vraiment lever les yeux et soutenir le regard de papa. Il me renverrait l'image que je fuis depuis si longtemps. Comme un flash. Il se tient debout devant le lavabo. Il se rase lentement. Avec une grande précision. Une odeur d'eau de Cologne et de savon Badedas se dégage de la pièce. La porte est entrouverte. J'attends qu'il sorte de la salle de bains pour pouvoir faire ma toilette. Mais il est là, debout, en slip kangourou blanc, devant le lavabo, et mon regard ne peut que se poser sur l'espace noir qui fend le slip de haut en bas, commençant sous l'aine et se perdant dans les poils de l'entrejambe. Il y fait très sombre. Je sais qu'il ne faut pas demander ce que cache cette ombre.

Je suis toute petite, juste de la taille de cet entrejambe. Alors je passe et repasse dans le couloir devant la salle de bains. De ce jour, l'attraction se mêle à la répulsion comme une tache d'encre qui s'étale en moi, grignotant minutieusement la moindre trace de confiance naissante.

Je ne serai pas violoniste. D'ailleurs personne n'est musicien dans la famille.

4

Cette personne bouffie dans le lit, qui attend passivement les bruits du matin, ce n'est pas moi. Je n'aurais jamais osé faire de peine à maman. Elle s'est tant inquiétée pour moi qu'elle en a développé un ulcère à l'estomac. Non, j'ai quitté ce lit depuis longtemps, je me promène au-dessus d'un immense paysage et, de temps à autre, je plonge en vrille sur les vestiges de mon enfance.

Il n'y a guère eu d'hommes dans ma famille. Hormis Serge, mon père. Omnipotent et beau à détourner un saint de Dieu. D'ailleurs il est Dieu. Il sait tout. Il distille son savoir de sa voix chaleureuse qui ne supporte pas la contradiction.

Je ne sais rien sur ce grand-père mort trop tôt, si ce n'est qu'il avait un visage en forme de corossol et qu'aucun de ses enfants ne lui ressemblait. Il y avait bien un frère, perdu depuis l'enfance, trafiquant précoce de tout ce qui lui tombait sous la main, pas toujours par hasard, admirateur d'icônes marginales qui ont eu raison de son intégrité et l'ont progressivement transformé en clochard que l'on a déporté dans les Cévennes, l'hiver approchant. Il a sans doute gelé avec ses camarades jusqu'à ce que mort s'ensuive. On le disait voleur et menteur dans la famille, ça faisait grimacer sa mère. Mais elle l'aimait plus que ses autres enfants et c'est lui qu'elle a pleuré toute sa vie. Et toute sa vie, mon père a essayé d'atteindre le cœur de cette femme autoritaire jusqu'à ce qu'elle meure à son tour, jamais consolée.

Je l'ai rencontrée, incontournable édifice. Chaque année, aux grandes vacances, à la Martinique, pendant toute mon enfance. Mais je ne l'ai jamais connue. Je ne ressemblais pas assez aux membres de sa famille pour intéresser ma grand-mère. J'avais les traits de ma mère et la peau trop pâle à son goût.

Je passais les étés entiers à Fort-de-France à dévorer des romans de gare sur un grand lit qui sentait le camphre avec comme seuls compagnons de gros cafards qui m'avaient apprivoisée. J'attendais les dimanches où l'on allait à la mer, rêvant confusément aux pulls que maman m'achèterait à notre retour, aux baisers que je n'avais pas encore donnés et à ceux que je n'osais recevoir. J'attrapais des crabes, capturais des lézards que mon père menaçait de rapporter à la maison – pour les palmiers en pot, disait-il –, je faisais trois fois le tour du balcon qui courait le long de l'immeuble, bref, je m'ennuyais ferme pour la bonne raison qu'il m'était interdit de descendre sans en avoir demandé la permission aux adultes.

Il y avait un bar au rez-de-chaussée qui faisait l'angle avec la rue Saint-Séverin et la rue Victor-Hugo. De ceux que l'on voit dans les films des années cinquante, dont l'action est censée se dérouler sous les tropiques. Un grand ventilateur rouillé brassait à grand-peine l'air trop chaud. Des chaises en fer sans plus vraiment de couleur et des tables encore plus branlantes que les chaises... Une seule boisson possible : le rhum. Servi dans de petits verres publicitaires aux teintes bigarrées. Le citron et le sucre avaient disparu du décor. Ceux qui buvaient dès l'ouverture du bar et qui finissaient leur journée là où ils l'avaient commencée ne s'embarrassaient guère des accessoires. Il y avait Biloko le clochard, qui traînait derrière lui son sempiternel chariot et proposait aux passants le transport de marchandises diverses contre quelques pièces qui finiraient immanquablement dans la caisse du bar. Puis Ti Jojo, qu'il fallait sortir toutes les heures pour éviter qu'il ne pisse sous lui et que l'odeur gagne les étages. Suzy, la pauvre servante qui arrivait tous les matins avec un nouveau coquard, vestige d'une nuit d'amour avec un compagnon qui la maudissait de ne pas être le père de ses quatre enfants. Et la voix autoritaire de grand-mère qui couvrait toutes les autres. Elle nourrissait quotidiennement vingt-cinq personnes et buvait ses huit punchs cul sec sans jamais défaillir. L'alcool conserve.

Grand-mère tient entre ses jambes écartées une grande bassine où tombe la chair des crabes qu'elle dépiaute. Elle est pieds nus, sa robe est tachée. Elle a de grands pieds très larges aux orteils militairement alignés. De temps en temps, elle se lève pour remuer ce qui mijote dans de grands faitouts, passe la tête par la porte de la cuisine et gueule un bon coup sur les ivrognes qui s'attardent. Elle est inquiétante. Tout le monde la craint, moi aussi.

Midi sonne. Mes parents réapparaissent comme par enchantement pour le déjeuner. Je referme le roman-photo et les Delly trouvés dans la maigre bibliothèque, je cache les boîtes de tabac où vivent désormais mes cafards – sans aucune nourriture que leur propre chair, ils survivront au-delà de l'été – et je me joins silencieusement à eux. On ne me demande même pas ce que j'ai pu tramer toute la matinée, enfermée à l'étage, à part des devoirs d'été et les exercices de violon qui ont vite eu raison de la patience de ma grand-mère.

– Comment, Ida, tu ne manges rien ? lance-t-elle inévitablement. Tu n'aimes pas le fruit à pain ? Cette petite restera maigrichonne comme une zoreille !

J'écoute vaguement les conversations. Personne ne s'entend dans cette famille. Les sœurs s'envoient les pires vacheries par personnes interposées, les tantes sont fâchées avec les oncles qui maudissent leur propre descendance, les clans se réduisent comme peau de chagrin.

Seuls mes parents échappent pour l'instant à ces règlements de comptes.

Moi, je ne rêve que d'une chose : rejoindre ma cousine et son lit à baldaquin dans la grande maison bleue à colonnes de bois et véranda carrelée. Elle a deux ans de moins que moi, elle est très laide, odieuse comme une teigne, mais elle m'aime bien et nous faisons les pires bêtises que nos âges nous autorisent à imaginer. Elle monte à cheval, joue au golf, elle a tout ce qu'elle veut et sait déjà se faire craindre du personnel de la maison. Son père est très riche et très con, dit-on autour de moi. Cela m'est égal.

Un jour, nous avons joué aux captives du désert, princesses enlevées et ligotées, suppliant nos geôliers de nous libérer de nos entraves. Le baldaquin se transformait en palais ottoman ou en galère espagnole, nous étions violées, dépossédées, abîmées de la tête aux pieds par des guerriers imaginaires qui nous volaient nuit après nuit nos virginités intactes. Ils s'attaquaient à nos lèvres, à nos tétons, nous faisaient plier le cou jusqu'à ce que nous demandions grâce. Jamais nous n'étions inquiétées dans nos jeux interdits malgré le vacarme que nous faisions. Tout le monde s'en foutait jusqu'au jour où ma cousine tomba du lit sur le pied d'une chaise renversée pendant la lutte et fut prématurément et cruellement dépucelée.

Je ne l'ai jamais revue.

J'ai neuf ans, elle en a presque huit, son frère sent *Habit rouge* de Guerlain. Je l'embrasserai un jour.

Une infirmière entre, encadrée par deux cerbères en tablier bleu. Pas un mot, ils n'auront pas un mot. De toute façon je vais dormir.

5

J'ai dix ans. J'accompagne mon père et l'un de ses amis pour une promenade en voiture. Soudain, on s'arrête.

– Je reviens dans dix minutes, dit mon père. Sois gentille avec le monsieur !

– Je me recroqueville sur la banquette arrière de la Ford verte. L'homme me fait peur. C'est un Hindou, j'ai peur des Hindous depuis que mes parents, faute d'avoir trouvé une baby-sitter, m'ont emmenée au cinéma voir un film indien dont je ne me souviens que de la cruauté. L'homme a les dents étincelantes et le blanc de ses yeux parcouru de petites veines bleues lui donne un regard de vampire. Il se retourne vers moi, me regarde avec insistance.

– *Ida, that's an Indian name !*

Il sourit.

– *Come and sit in the front with me, we will talk !*

Il joint le geste à la parole, tend la main pour me faire « traverser ». Je n'ose pas désobéir, mon père m'a dit d'être gentille, alors je me déplie le plus lentement possible, enjambe le fauteuil et me retrouve à cheval entre les deux sièges, tout près de l'homme qui ne sourit plus. Il pose une main moite sur le haut de ma cuisse.

– *It's a lovely little skirt you're wearing, come and give me a kiss now.*

De son index, il pointe sa joue. Non. Je ne veux pas, ça me dégoûte. J'ai peur. Mais il continue à me caresser de la main gauche, sans que son visage bouge. Son regard est soudain immobile, fixé sur moi. Lentement il atteint la petite culotte blanche.

– Papa ! je crie au moment même où mon père franchit la porte de l'immeuble et rejoint la voiture.

– Qu'est-ce que tu fais devant, chérie ? Allez, retourne vite t'asseoir à ta place !

Et à son ami :

– *Can't trust a child, can you ?*

La voiture redémarre. L'homme a retrouvé son flegme et sa mobilité, il parle de tout et de rien, pose mille questions à mon père. Terrorisée, j'ai mouillé le siège arrière de la voiture et mon petit sac à main écossais. C'est un incident, dira maman, ça arrive, souviens-toi dans le port d'Anvers quand tu as cru que ton père avait disparu…

Le port d'Anvers. Un énorme bateau prêt à partir pour l'Amérique du Sud. Maman est en pleurs. Elle se niche dans les bras d'un homme gros et grand, impressionnant avec sa casquette et ses galons. Ce doit être le capitaine. Il serre maman dans ses bras énormes, lui parle à l'oreille dans une langue que je ne comprends pas. J'observe, un peu à l'écart. Qui est cet homme, pourquoi est-il avec maman et pourquoi papa prend-il tant de temps à redescendre du bateau ? Personne ne répond. Même quand la dernière échelle remonte lentement le long du cargo. Une peur me transperce : cet homme va remplacer mon père. L'échelle est maintenant remontée. C'est inéluctable. Il est resté dans le bateau et ne reviendra plus. Il n'a pas dit au revoir.

Je retiens mes larmes alors que quelque chose de chaud, d'apaisant et de honteux coule entre mes cuisses sur le sac à main écossais.

6

Des dames en blanc m'ont attachée au lit. Cette nuit, je me suis laissée aller à des hurlements de loup. J'ai déchiré les draps, j'ai saccagé tout ce que je pouvais. Alexandre ne dort pas paisiblement dans la pièce à côté.

J'ai pris l'habitude d'aller l'embrasser toutes les nuits avant de me coucher. Je me rappelle avoir lu que le roi des Belges conservait ce doux souvenir de sa mère qui lui déposait un baiser sur le front le soir avant de sortir et quittait sa chambre en laissant flotter derrière elle les effluves de son parfum. Je veux qu'Alexandre se souvienne du mien. C'est pourquoi je n'en change pas.

Je n'ai jamais beaucoup aimé les enfants. Quand j'étais plus jeune, il m'arrivait de feindre en apprécier la compagnie pour imiter les autres filles. Je les trouvais bruyants, insatiables et cruels. Pourtant, quand le tic-tac incessant de mon horloge biologique se fit insupportable, je pris la résolution d'enfanter sans attendre qu'un homme amoureux me le demande.

Quand Alexandre est né, il m'a choisie pour mère. Je l'ai sorti de mon ventre en l'attrapant sous les bras alors qu'il braillait déjà et tout doucement j'ai posé son corps rouge et gluant sur ma poitrine, tout près de mon cœur. J'étais folle de bonheur, j'avais oublié les douleurs du travail, la nuit interminable qui venait de s'écouler. Puis on me l'a enlevé. Une heure au moins. Je l'entendais hurler de l'autre côté de la paroi de verre qui séparait la salle d'accouchement de l'unité des premiers soins. On ne m'avait pas dit qu'il faudrait pousser encore. Accoucher encore mais pas d'un bébé. D'un lambeau de viande ensanglantée. J'étais horrifiée et exténuée. J'entendais le bruit de l'aiguille qui pénétrait ma chair distendue mais je n'éprouvais aucune douleur.

Ce fut long. Une éternité. Quand enfin on me ramena Alexandre, c'est un bébé roux et rose que l'on accrocha de force à mon sein et que j'observai incrédule et choquée, persuadée qu'il n'était pas de moi. Qu'avait-on fait de mon enfant ? Avais-je réellement mis au monde un être qui me ressemblait si peu ? Fallait-il, après lui avoir donné vie, que je l'apprivoise ? À qui était cet animal affamé qui ne me laissait aucun répit ? C'était bien ce que j'avais lu et relu, cet individu libre qu'il m'appartenait d'aider à grandir. Rien de plus. Il n'était pas à moi. Il allait me quitter. De ce jour je me suis mise à l'aimer. Désespérément. Parce qu'il ne me ressemblait pas, je l'ai aimé comme une femme aime un homme. J'ai déversé sur lui toutes mes peurs, toutes mes angoisses, mes colères, mes rancœurs et mes joies aussi. Et j'ai gardé toujours, le plus près possible de mon cœur, sa tête chaude et bouclée.

Cette nuit, j'ai voulu aller le retrouver. Le prendre à nouveau dans mes bras. Mais quand j'ai ouvert les yeux, ce n'était pas ma chambre, ce n'était pas mon lit. Il n'y avait pas le rideau qui sépare les deux parties de la pièce et qui me permet d'entendre sa respiration. Je n'entendais qu'une lointaine sirène, le silence sévère de ma prison, entrecoupé de pleurs et de gémissements sourds. Alors j'ai hurlé. Si fort que j'ai pensé que quelque chose en moi allait se déchirer, que ma poitrine allait se fendre et que je donnerais naissance, là, à cet instant, à quelque forme douce et chaude qui me consolerait, en attendant la fin

7

Je suis petite. J'habite une bulle à la lisière de trois frontières. Et dans ma bulle il y a tout un monde de forêts et de ronces, de marais et de mûres. À la moindre contrariété, je cours me cacher dans les fourrés avec mon amie italienne et je pleure dans ses bras, m'inventant de gros malheurs. Elle a un visage de madone et rêve de danser. Je l'aime follement. J'aimerais lui ressembler. Mais je danse plutôt mal, je suis gauche et raide, et mes traits n'ont rien de ceux d'une sainte. Je lui mange dans la main. Je suis son « Va chercher – Fais ci – Fais ça – Donne-moi ce qui est à toi » et j'en suis heureuse. Je veux ramper à ses pieds. Je passe des heures à peigner ses longs cheveux noirs jusqu'à ce qu'ils volent autour de sa tête, chargés d'électricité statique. Les miens sont fins et frisés. Ils ne tiennent en place que scrupuleusement nattés et attachés derrière la tête. De plus, on m'a affublée d'une paire de lunettes en plastique rose qui donne à mon visage bouffi un air parfaitement imbécile.

Nous composons des scènes d'amour avec baisers

langoureux alors qu'aucune de nous n'a jamais donné ses lèvres. Je lui décris l'acte charnel, comme me l'a expliqué maman dès mes huit ans de peur que je m'y intéresse trop jeune. Je sais tout de l'anatomie masculine et le corps des femmes n'a aucun secret pour moi. Du moins, je le crois.

Nous sommes toutes deux amoureuses du même garçon. Plutôt que de nous chamailler à son propos, nous nous sommes juré de nous dire qui des deux il aimerait la première. Jamais l'idée qu'il pourrait en aimer une troisième ne nous effleurera.

Je me fais des illusions. Même si le miroir me renvoie une image qui ne me convient pas, ce reflet ne m'appartient guère. Cette fille que je contemple ressemble à un homme. La mâchoire est trop carrée, les dents trop larges, le nez trop grand, les yeux trop petits que le port de verres de quatre millimètres d'épaisseur réduit encore. S'il faut compter sur elle pour être aimée, j'attendrai longtemps. Elle, elle a une silhouette plutôt élancée, des jambes longues et des cuisses fermes, mais un abdomen en forme de saucisse de Francfort. De profil elle ressemble à un basset artésien faisant le beau. Non. Ce n'est pas moi. Juste une vision déformée par mon imagination.

Je peux sans crainte enfourcher mon vélo et sourire à la réflexion de mon père qui me regarde partir :

– Attention, ma poupée, tu commences à avoir de jolies guibolles !

Et je file rejoindre mon Italienne dans les buissons de nos bêtises adolescentes.

C'est elle qu'il a aimée. Elle. Pas moi. Il l'a choisie pour les déclarations d'amour et les projets de mariage, et moi pour les confidences.

J'écouterai ses langueurs pendant des milliers d'heures, plutôt ça que rien du tout, broyant ma souffrance au fond de mon ventre. Je serai jalouse. Jalouse mais héroïque.

Le miroir me rit au nez. Ma pauvre fille, t'es-tu bien regardée ? As-tu vu la tête que tu as ?

C'est vraiment moi ce trop grand corps ingrat ?

Je ne me souviens plus comment le miroir s'est cassé.

8

Ce matin, je vais un peu mieux. J'ai cessé de crier, alors on m'a détachée. Je ne vois personne d'autre que mes deux geôliers et cette infirmière matinale qui m'administre les calmants.

Je suis ici depuis plusieurs jours, je ne sais pas au juste. Perdue, la notion du temps qui passe.

Il me semble qu'un homme est venu me voir. Il m'a parlé, mais je n'ai pas compris ce qu'il me voulait. Est-ce à moi qu'il parlait, ou à ce corps inerte, bourré de médicaments, recroquevillé à la tête du lit ? Il faut que je raconte, a-t-il dit, que je n'aie pas peur… Mais de quoi aurais-je peur ? Tous les dangers sont écartés. Adrien n'est plus là pour me martyriser. Il ne fera pas un geste. Je l'ai réduit à néant.

Ça me fait mal de penser à lui. Mort ou vif je le haïrai toujours autant. C'est à cause de lui que tout a basculé. Parce qu'un jour il s'est trouvé sur ma route.

J'ai rencontré Adrien dans un couloir. Il sortait d'une pièce, à l'extrémité du palier, et moi, j'arrivais de l'autre côté. C'était un hôtel à la montagne. Nous étions venus présenter nos travaux respectifs à un congrès national de paléontologie. J'avais entendu parler de lui dans toute la profession depuis des années, lu la totalité des articles qu'il avait publiés. Il représentait la référence absolue, le maître dont la réputation était précédée d'une aura de perfection. Il m'impressionnait pour toutes ces qualités professionnelles mais surtout parce que je le trouvais infiniment séduisant et je ne me sentais pas la force de soutenir son regard, de lui faire face.

Il n'y avait aucune autre issue à ce couloir et il était trop tard pour rebrousser chemin. J'avançai donc en me disant qu'il ne fallait pas. Il ne fallait surtout pas que nous nous rencontrions. Le temps me parut une éternité. Un instant immobile suspendu dans l'espace. Et dans ces secondes étirées à l'infini, j'ai dû pressentir ce que cette rencontre aurait de fatal.

À l'autre bout du couloir, Adrien avançait. Vite.

– Oh, bonjour, désolé de n'avoir pu assister à votre exposé hier soir ! dit-il en me croisant.

J'avais sans doute l'air d'un poisson dans son bocal, convoité par un gros chat, car il ajouta :

– Ça ne va pas ? Vous n'avez pas assez dormi ?

Il continua son chemin avec une désarmante insouciance.

Je ne devais le revoir que quatre ans plus tard. Il cherchait une assistante pour un projet de longue haleine et mes compétences pouvaient lui être utiles, alors il m'a convoquée. Chez lui.

Il habitait à l'époque un appartement tout blanc. Les fauteuils y étaient si peu accueillants que l'on ne savait où s'asseoir. Il paraissait fier de son univers récemment constitué. Il venait de quitter la mère de son enfant et semblait respirer chaque particule de cet air nouveau qu'il appelait liberté. Nous avons parlé. Lui surtout. Moi je tremblais tant que je n'osais même pas allumer une cigarette ou porter un verre d'eau à ma bouche. J'étais en apnée.

Il me garda une heure au terme de laquelle j'eus l'impression d'être engagée. Le projet n'était pas totalement monté, il faudrait attendre la rentrée. À peine revenue chez moi, le téléphone sonnait.

– Je suis désolé de ne pas avoir réussi à vous mettre à l'aise.

Il disait :

– J'aimerais que nous nous revoyions… de façon moins protocolaire peut-être…

Je résistais tant bien que mal, sachant pertinemment que ma pauvre volonté ne ferait pas le poids face au douloureux désir qui envahissait mon ventre.

Quelques jours plus tard, il m'invitait à dîner et entamait une cour pressée à laquelle je répondis gracieusement tant que la table nous sépara.

C'était gare de Lyon au Train bleu.

Ce soir-là il régnait un froid anachronique dans la

salle de restaurant qui me balançait un siècle en arrière. Ma longue pelisse à col et manchon de loutre ne pouvait mieux convenir à ce décor d'un temps où les messieurs avaient des manières et les dames de la retenue.

Le restaurant était bondé. Des grappes d'hommes au visage rougi débattaient autour de cadavres de bouteilles de bordeaux, tandis que plus loin s'élevaient des exclamations suraiguës de rombières endimanchées qui avaient pris racine devant une théière depuis l'heure du goûter.

On aurait pu voir apparaître, abandonnée à sa descente aux enfers, seule à sa table, la buveuse d'absinthe de Lautrec au chapeau de guingois…

Dès le premier soir, notre histoire fut bizarre. En quittant le restaurant, je frissonnai. Il voulut me prendre dans ses bras mais je ne le laissai pas faire. C'est sur une poignée de main amicale que je l'abandonnai dans la rue, tout étonné de n'avoir pas même franchi le seuil de ma porte. Jusque-là, tout était normalement contenu. Dans les limites convenues de la décence. Quelques heures plus tard, tout dérapa.

Il était 3 heures du matin. Le téléphone sonna. Trois heures d'insomnie. La voix d'Adrien, traînante, lente, délayée et légèrement cynique :

– Merci pour ce dîner. J'aurais voulu rester près de vous…

Silence.

– Je vous aurais tout d'abord embrassée, oui, j'aurais

goûté votre bouche. Longtemps, savoureusement. J'aurais baisé vos yeux, votre front, puis à nouveau votre bouche. Je serais descendu dans votre cou en longeant vos oreilles et j'aurais niché mon nez dans le pli odorant de votre bras. Ensuite, j'aurais embrassé vos seins. Le gauche d'abord. On embrasse toujours le sein gauche en premier lieu. Puis l'autre. J'aurais appelé de ma langue ces petites choses qui doivent avoir la couleur du grenat. J'aurais laissé glisser ma bouche jusqu'à votre nombril où d'autres odeurs m'auraient retenu et je serais entré loin dans votre intimité sans vous quitter des yeux. Je vous aurais mangée et vous auriez aimé ça.

– Oui, m'entendis-je répondre dans un souffle.

Je ne savais pas ce qui m'arrivait exactement. Pour la première fois de mon existence, j'étais couchée sur un lit, en pleine nuit, chancelante, offerte à un combiné de téléphone.

Cela dura une bonne heure et je m'endormis, exténuée.

Il s'évanouit pendant deux mois et je perdis six kilos. Je n'avais rien oublié quand septembre arriva. J'avais eu deux mois pour préparer les retrouvailles. J'avais tout envisagé. Comme une future épouse égyptienne, j'avais baigné mon corps dans du lait d'ânesse, ma peau était soyeuse et dorée, mes cheveux brillaient comme du cuivre, j'avais retrouvé une silhouette qu'il me tardait de montrer à l'homme qui m'attendait sûrement avec autant d'impatience que je l'espérais.

Il avait bien laissé quelques messages sur mon répondeur mais ce n'était que de petits pincements qui semblaient vouloir dire : vous pensez à moi, j'espère ? Lui s'était entouré de ses amis, de sa famille, avait travaillé une partie de l'été et n'éprouvait aucune inquiétude à mon sujet. Il lui était tout simplement évident que le poisson était ferré et qu'il suffisait de le sortir de l'eau quand bon lui semblerait.

J'aurais préféré qu'il donne une suite logique à la conversation nocturne qui avait eu raison de ma pitoyable résistance et je me mentais bien mal en prétendant n'espérer qu'une hypocrite reprise de contact professionnel.

Nous nous revîmes par hasard, chez une amie commune.

– Ah, tiens, vous êtes là ! Comment allez-vous ?

Et moi de jouer la vierge séduite et abandonnée, de montrer un visage peu avenant. Il me raccompagna chez moi, ignorant joyeusement ma méchante humeur et me proposa un rendez-vous le lendemain.

Je devais me rendre chez lui. Je croyais que nous serions seuls mais il y avait un jeune homme assis dans le salon quand j'arrivai. Il était plutôt beau garçon. Un teint mat, des cheveux bouclés noirs et un accent qui trahissait des origines nord-africaines. Il avait pris possession du canapé comme s'il y habitait depuis longtemps. Il souriait continuellement mais ne disait pas grand-chose. Adrien s'affairait dans la cuisine à nous préparer un repas composé de surgelés. Le jeune homme ne devait pas rester. Toutes les dix minutes il était question qu'il parte mais, à la fin du dîner, il était toujours là, s'occupant de la musique, débarrassant la table, débouchant une nouvelle bouteille de vin. Serviable à outrance, discret en surface, indiscutablement présent. Voyant que je n'en pouvais plus, Adrien me fit signe de le suivre dans la chambre. Il m'assit sur le lit, à même le sol, et se posa nonchalamment près de moi.

– Qu'y a-t-il ? Pourquoi est-ce si difficile ? Laissez-vous aller, vous n'êtes venue que pour ça…

Tout d'abord un baiser léger, à peine effleuré. Des lèvres qui prenaient le temps de goûter.

– Oui, c'est exactement ainsi que je les imaginais ! Vos lèvres sont comme la mangue pour le voyageur assoiffé…

Puis les mains accompagnaient les lèvres, curieuses, sans excès, sur leur garde. Et soudain il s'arrêta comme s'il n'avait jamais commencé et il entreprit une conversation banale à laquelle je n'osai répondre de crainte de rompre le fil arachnéen qui venait de se tisser entre nous.

Il me laissa repartir seule. Le jeune homme était toujours là. Il dormait avec Adrien.

Ce soir-là, je suis rentrée chez moi et je me suis regardée dans le miroir. Malgré la mise en scène élaborée et perverse dont j'avais été l'ingénue, je me trouvais belle.

Ça allait être bon de m'aimer un peu. Les lèvres que je voyais étaient rouges et les yeux noirs brillaient. Cette femme dans le miroir, qui y dormait depuis si longtemps, pouvait enfin être moi.

J'ai décidé de prendre soin de nous.

9

Alexandre, que se passe-t-il ? Tu as peur de cette horrible femme dans le miroir ? Elle a les yeux méchants et la bouche amère. C'est sa main qui s'abat sur toi. Sa voix rauque qui hurle ces mots amers. Pourquoi te laisses-tu faire ?

Tu pourrais courir, te défendre, je te répète que ce n'est pas moi. Mais tu te laisses abuser par la ressemblance. Comment ne sens-tu rien, toi dont l'instinct m'a toujours étonnée.

Je tremble, je suis en nage. Il ne faut pas que je crie. Juste pleurer. Longtemps, silencieusement. Qu'on me laisse me vider de cet acide qui me ronge les entrailles et qui refuse de m'achever.

Combien de temps durera ce calvaire ?

J'étouffe. On m'ensevelit lentement mais je suis toujours vivante. Pourquoi l'air que je respire ne me brûle-t-il pas les poumons ? Pourquoi sont-ils partis ? Pourquoi m'ont-ils laissée là ?

Le pacte avec l'ignoble devrait pouvoir être rompu.

Quelles sont ces cordes tendues à l'extrême qui me retiennent dans le noir absolu ?

Rien ne m'arrive plus.

Même la mort.

10

Adrien.

J'aurais bien voulu qu'il meure d'amour.

Lui, il en vit. D'amours multiples. Homosexuelles, hétérosexuelles, tout est bon. Moi, j'ai la vocation d'appartenir à un seul homme. En dehors de cet homme, il ne peut y avoir de désir. Adrien et moi sommes deux pôles qui jamais n'auraient dû se rencontrer. Pourquoi insiste-t-il ? Quoi qu'il en soit, c'est de ma bouche que sortent les premières exigences.

Ce soir, nous allons peut-être passer à l'acte. Il embrasse comme une actrice de cinéma, pour la galerie. Se laisse toucher, en poussant de petits gémissements tout aussi féminins. Je ne peux m'empêcher de penser à son âge. Il a cinquante ans, un corps de danseur fatigué, une odeur légèrement âcre. Il a cessé le sport depuis assez peu de temps pour que subsiste sous une naissante adiposité une structure abdominale qui dut en impressionner plus d'une en son temps. La peau est blanche. Parsemée de taches de rousseur qui égayent un torse quasi glabre semblant avoir échappé aux éruptions infantiles.

Cela fait des mois que nous jouons au chat et à la souris. De prédateur, il se sent devenir une proie menacée dans sa liberté toute nouvelle. Cet homme-là a peur d'aimer, me dis-je pour me consoler. Je me raccroche à des banalités. Ses baisers sont d'une urgence insoutenable. Il faut que l'on se touche. C'est vertigineux. Je ne me sens apaisée que par le contact de ma peau contre la sienne.

Nous ne faisons pas l'amour, même s'il dort ce soir dans mon lit. Il ne me lâche pas de la nuit, je ne peux fermer l'œil. Peur qu'il disparaisse… Que le sommeil ne me joue un de ses mauvais tours !

Mais le matin il est toujours là et rien n'a changé. Il a l'air heureux. En chemin vers la cuisine, il rencontre Alexandre.

– Pourquoi tu as dormi ici, monsieur, c'est pas chez toi ?

Et plus tard dans la salle de bains :

– Pourquoi tu te brosses les dents, c'est pas ta brosse à dents ?

Mon enfant a trois ans. Il n'a vu aucun homme avec moi depuis que j'ai quitté son père. Adrien n'aime pas Alexandre. J'en suis instantanément convaincue même s'il se contente de dire :

– Je préfère que nous ne mêlions pas nos enfants à nos histoires d'adultes.

Alors nous nous voyons peu. Quelques théâtres, quelques cinémas, des cocktails où l'on se rencontre par hasard mais que l'on quitte ensemble. Malgré tout, je persiste à nous considérer comme un couple. Bizarre, certes. Nous n'avons fait l'amour qu'une fois, au téléphone, il y a bientôt six mois. Je m'entête méthodiquement à voir en lui mon homme. Peut-être lointain, volage, comme le sont les marins. Je ne réalise pas encore l'hérésie de la situation.

Il ne dit rien. Cela lui convient.

11

Papa, t'ai-je dit combien je t'aime ? Est-ce trop tard aujourd'hui ? Tu as reporté toute ton affection sur Alexandre et on dit que je te l'ai enlevé. Me pardonneras-tu jamais ?

T'ai-je dit aussi combien tu me faisais peur ? Pourquoi as-tu sciemment entretenu cette terreur en moi ? Tu me donnais d'une main et reprenais de l'autre. Tu me disais que j'étais belle mais quand je voulais ôter mes lunettes et porter des lentilles de contact, tu rétorquais que les gens devaient apprendre à regarder au-delà des verres, dans l'âme, et que là, tout au fond, ils me trouveraient belle. Tu étais fier de moi devant tes amis, tu m'appelais « l'artiste », mais ta vision de l'art était exiguë. Je crois qu'au fond tu ne pouvais t'empêcher de me mépriser. Je rêvais de Béjart, tu m'as mise sur *Le Lac des cygnes*, je voulais un piano, tu m'as offert un violon, je rêvais de couleurs, tu m'achetais des fusains. Tu reconnaissais quelque chose en moi qui te ramenait à ton enfance, à tes désirs tus. Ça t'était insupportable.

N'avais-tu pas voulu un garçon et c'est une fille qui t'avait été donnée. Tu parlais comme un livre, tu avais les réponses à toutes les questions. À tout savoir, tu me terrorisais. Comment pouvait-on apprendre tant de choses en une seule vie ? J'étais sûre de ne jamais t'arriver à la cheville. Mais comment ne pas t'aimer ? J'avais tes yeux et ton sourire. J'aurais voulu que tu m'aimes pour cette image adoucie que je te renvoyais de toi. Et puis tu plaisais tant. Aux femmes bien sûr. Aux hommes aussi. Ils te croyaient inoffensif et neutralisé dans les liens de la camaraderie, mais tu séduisais les maris pour mieux courtiser leurs épouses. C'était une fonction déterminante de ta survie. Rien ni personne ne te résistait. Tu dirigeais ta vie comme tu dirigeais ta famille. Avec trop de rigidité et pas assez de cœur. J'ai compris un peu tard de quoi tu étais fait. Tu n'aimais pas perdre ton temps et moi j'étais lente et oisive. Tu étais courageux et j'étais poltronne. Nos chemins se sont séparés quand tu t'es enfin rendu compte que je ne serais jamais ce que tu avais rêvé devenir.

Nous habitions une petite maison coincée entre deux autres parfaitement identiques dans un lotissement idéal de la banlieue anversoise. La façade était bleu pâle et les volets blancs. Il y avait un garage qui me paraissait immense. Il faisait comme un ventre à la maison. J'y rangeais mon vélo mais c'était surtout le domaine de mon père qui sortait la voiture, même le dimanche, pour pouvoir bricoler tranquillement.

À côté de la porte d'entrée s'étalait une pelouse ovale sur laquelle rien ne semblait vouloir pousser. Maman s'était maintes fois essayée à y cultiver toutes sortes de graines mais rien, même le pissenlit, ne prenait jamais dans cette terre sablonneuse.

Dans la maison j'avais mon royaume. Pas très grand. Violet. Les rideaux, le couvre-lit et même le tapis étaient des répliques parfaites du rêve halluciné de Jimi Hendrix dans *Purple Haze*. J'étais libérée de toute obligation dans cette pièce qui ressemblait de plus en plus à un night-club et de moins en moins à une chambre de jeune fille convenable. Les murs étaient tapissés de portraits de chanteurs que je ne connaissais pas mais que je trouvais beaux et les étagères croulaient sous les bibelots de terre cuite. J'avais des sabots mauves et des écharpes indiennes, des jeans pleins de trous et des chemises de l'armée américaine avec écrit dessus : « *Army sucks !* », toujours ces affreuses lunettes en plastique rose et ce visage bizarre qui ne m'allait pas. Je partais le matin avec mon vélo à travers bois et, quel que soit le temps, je me changeais dans un ruisseau pour arriver à l'école vêtue de ces pantalons que maman voulait jeter, portant au cou une profusion de colifichets bruyants. Je passais un bâton de khôl sous mes cils et, le regard ainsi assombri, je me sentais prête à affronter l'hostilité d'une école entière. Ils me détestaient tous. Les profs comme les élèves. Ils me trouvaient trop bien élevée pour ne pas être sournoise, trop silencieuse pour ne pas être habitée par une imagination malsaine. Mes cahiers étaient recouverts de graffitis, je rédigeais des mots d'amour pour les filles les plus délurées de la classe et à la récréation je courais rejoindre mon Italienne au poste d'observation de notre fiancé potentiel.

Il était brun, avait les yeux qui tombaient légèrement sur les côtés. Une bouche dont la lèvre inférieure dépassait en largeur celle du dessus. Il n'était pas très grand et de plus il se tenait courbé. Il paraissait vieux déjà.

Il y avait des clans dans ma classe et je n'en faisais pas partie. J'avais réussi à échapper au sadisme de leurs membres en proposant mes services de sexologue en herbe à certains d'entre eux. C'était un échange de bons procédés : je leur expliquais comment laisser courir leur langue entre les lèvres de leur partenaire ; ils ne me forçaient pas à faire le guet aux toilettes pendant qu'ils grillaient leurs cigarettes. J'avais gagné ma place dans ce microcosme cruel grâce à une méthode que j'enseignais sans jamais l'avoir pratiquée. Il fallait que je me lance aussi, mais qui aurait voulu de moi ?

Un soir de bal à l'école, en plein mois de juin, mon Italienne et son désormais fiancé s'étaient chamaillés et ne se parlaient plus. J'avais du mal à cacher ma joie. Comme chaque fois que cela arrivait, Piero, le fiancé, vint vers moi, prétendant s'être trompé dans son choix, et ne me lâcha pas d'une semelle. Pour faciliter les choses, mon Italienne était restée chez elle.

J'étais parfaite, dans un tube de coton smocké jaune, vert et rouge que m'avait confectionné maman et qui s'accommodait fort bien de mon anatomie. Je m'étais retrouvée au centre du cercle des danseurs de bamba et je tourbillonnais comme un insecte fou quand Piero m'attrapa le bras.

– Viens, on va faire un tour !

Il avait dans les yeux quelque chose d'une brutalité sanguine. Fallait-il entrer dans ce regard avec toute ma jeunesse et mon inexpérience, suivre cette silhouette courbée et impatiente ou feindre de ne pas comprendre et rester là, ignorante et muette ?

Ce qui m'arrivait n'était jamais ce que je souhaitais. C'était souvent plus important, plus grave, plus dangereux, plus choquant et moins beau que ce à quoi je rêvais. J'avais beaucoup moins d'imagination que la vie. J'ai suivi Piero hors de la salle de bal. Il m'a entraînée vers la pelouse du terrain de football et plus loin, à l'orée du bois. Là, nous nous sommes couchés dans les pommes de pin et il a entrepris de dégrafer ma robe.

– Comment ça fonctionne ce machin-là ? dit-il sans ménagement pour mon émotion.

– Comme ça.

Et me voilà qui fais glisser le tissu élastique en dessous de ma poitrine. Celle-ci ne l'intéressa pas deux secondes. Il fila droit sur ma culotte.

Je ne pus m'empêcher de penser que c'était très inconfortable, que nous étions en train d'écraser toutes sortes de petites bestioles inoffensives, que ça allait être ma fête et que je n'étais pas prête. J'avais à peine treize ans et je n'avais pas encore décidé de plonger. La main du monstre se fit insistante et soudain se retira.

– Mais aide-moi !

Puis, dans un petit rire cynique :

– Si tu ne l'as pas, on va te le faire !

Si je n'avais pas quoi ? Qu'est-ce qu'on allait me faire ? De quoi parlait-il ? J'avais bien tout ce qui sert à mon usage personnel, que me manquait-il ? Ce chemin par lequel il faut inévitablement passer pour naître, je ne m'en étais jamais inquiétée. Tout cela ne me concernait pas. Moi j'aimais avec la tête, avec le cœur. Le reste existait, mais chez les autres. Je ne m'étais, à ce jour, jamais souciée de baisser les yeux vers ce que j'avais entre les jambes. Ni d'investiguer ce que la nature avait placé là, quel plaisir en aurais-je retiré ?

Je vis, terrorisée, s'approcher le sexe du monstre, comme un marteau-piqueur qui allait me blesser, m'ouvrir irrémédiablement. Il fallait fuir. Sans un mot, je me levai, la robe remontée jusqu'au cou, je courus, trébuchai et repartis.

Il me fallut cinq minutes pour rejoindre la maison de mon Italienne et la réveiller. Je pleurais en lui racontant ce qui venait de se passer. Elle me consola tant bien que mal malgré sa colère et me dit :

– Ne t'inquiète pas, nous en avons toutes un !

Alors elle sortit d'une boîte en carton un morceau de coton blanc de forme oblongue.

– Tu veux que je t'aide à le trouver ?

Voilà comment je suis dramatiquement devenue femme.

12

Comme il fait sombre et calme. Trop calme. J'ai peur du silence comme j'ai peur de la mer.

Plonger dans l'océan et s'extraire du tout. Plonger dans le silence noir. Je refuse d'y entrer, je vais me noyer. Si j'entends ma propre voix, je saurai que je n'ai pas la tête sous l'eau. Je ne sens plus rien. Ni mes pieds, ni mes mains. Depuis combien de temps suis-je couchée là ?

Il y a sur la table de nuit une lampe blanche en forme de champignon. Elle est vissée au meuble, lui-même fixé au sol. Il n'y a rien ici que je puisse saisir à part mon propre corps. Si ma main se réchauffe, j'attraperai ma jambe. Je toucherai ma peau. Elle est douce, je veux entrer dedans. Derrière ma peau, à l'intérieur, il doit faire chaud. Rentrer la tête dans le cou puis le cou dans les épaules et ainsi de suite jusqu'à disparaître totalement.

De toute façon, je n'ai pas vraiment existé. C'est cette fille dans le miroir qui a volé ma vie. Je suis autrement, autre chose. Je suis l'autre. Je ne suis pas encore née. Je vais disparaître pour sortir d'ici. J'irai chez moi. Je coulerai un bain brûlant. J'y mettrai de l'huile. Puis je sortirai le kimono de soie rouge et noire et je me glisserai dedans. Je passerai devant le miroir et je m'y verrai enfin. Ce ne sera plus elle mais bien moi. Il faut d'abord que je me choisisse une image puisque celle-ci n'existe plus. Une image comme un bon point. Je me voudrais plus grande encore, plus féminine, avec de très longs cheveux noirs et des yeux bleu foncé, une bouche plus fine et un petit nez tout pointu. J'insiste sur le nez, aux narines étroites et palpitantes. J'ouvrirai le kimono et je m'observerai dans le détail. Mes seins seront plus ronds, ma taille plus fine et j'aurai derrière moi juste de quoi m'asseoir sans m'abîmer les ischions. Il y aura Alexandre qui s'éveillera tout juste. Le sourire d'Adrien me cueillera dans la glace et nous nous raconterons nos rêves et nos cauchemars, juste pour nous donner une raison de nous prendre dans les bras. Puis nous rirons d'avoir eu peur qu'ils fussent réels. Nous ferons des projets de voyages. Non, pas à la montagne, tout y est blanc. Blanc comme les murs de cette cellule. Blanc comme les uniformes, blanc comme la confusion de l'existence et comme la mort qui t'a entraîné, mon petit. Là… Ne pleure pas. Ne sens-tu pas ma main qui sèche tes larmes ? Ne vois-tu pas comme je tremble pour toi, je sursaute à chaque instant, je guette ta respiration dans la nuit, j'entends tes appels même quand ils sont muets. Reste au creux de ma paume, je ne te laisserai plus jamais partir.

13

Cela fait quatre semaines que je suis enfermée.

L'unité psychiatrique dans laquelle ils me retiennent est, paraît-il, réputée pour ses méthodes de soins révolutionnaires. On y soigne des pathologies dites de longue durée mais socialement gérables. Selon la gravité de leur état, on confronte quotidiennement les patients à un environnement qu'ils connaissent, dans lequel ils sont obligés de vaquer aux occupations normales de la vie courante.

Je fais exception à la règle. On m'a retrouvée évanouie à l'entrée de l'appartement. C'est la femme de ménage qui a alerté les secours. Elle venait prendre son service à 9 heures, comme tous les lundis.

Je n'ai pas dit un mot depuis mon réveil.

14

Il est entendu que nous sommes deux. Qui de nous deux Adrien a-t-il aimé ? Qui a-t-il quitté ?

Personne ne résiste à cet homme. Il jouit intensément de son immense pouvoir de séduction. Il se vante d'avoir un besoin maladif de posséder tout ce qui l'émeut. Alors, quel temps lui reste-t-il pour s'émouvoir de ce qu'il possède déjà ?

Un jour, invitée à déjeuner, je me suis rendue chez lui. Il avait finalement confirmé la décision de m'engager comme collaboratrice. Le projet de fouilles sur l'île de Flores était maintenant entièrement financé. Nous allions mettre sur pied les détails du voyage qu'il faudrait entreprendre.

Je suis arrivée chez lui tôt, vêtue d'un collant noir très épais et d'un blouson de cuir qui me donnait un air de motarde. Il était souriant et détendu. Cela faisait vingt ans qu'il parcourait la planète de long en large, à la recherche de ce qu'il allait peut-être enfin trouver. Un hominidé différent de l'homme de Neandertal qui aurait côtoyé l'*Homo sapiens* dont on avait découvert la trace sur une île près de Java. Je connaissais peu le sujet mais j'avais beaucoup travaillé sur les squelettes australopithèques et leurs caractéristiques morphologiques n'avaient aucun secret pour moi.

Je me suis assise à la table, dans un rayon de soleil, prête à subir une fois encore son ambiguïté, prête à servir de yoyo sentimental, et au lieu de la froideur amicale qu'il me témoignait généralement, je l'ai trouvé empressé, délicat, amoureux presque. Il parlait de tout, sauf de travail, passait d'un sujet à l'autre avec une déconcertante facilité. Il en devenait presque lyrique. Après un déjeuner léger et peu arrosé, il est venu se poser devant moi, doux comme un persan chinchilla, m'enveloppant de ses bras dans le fauteuil. Il parlait tout près de mon visage :

– Vous êtes si facile à aimer, je pourrais sombrer corps et biens.

Puis il m'a emportée dans la chambre. Lentement. Délicatement. Près de la fenêtre. Devant moi, en contrebas, s'étendaient d'anciennes écuries. Deux chevaux sellés, prêts à être montés, piaffaient d'impatience dans la grande cour. Plus loin, derrière le mur, un asile psychiatrique. D'étranges clameurs se mêlaient aux ébrouements des chevaux. J'aimais Adrien plus que ma vie. Il avait décidé de rompre la glace de nos désirs communs.

Ce que j'ignorais encore à cet instant, c'est qu'en ne me possédant pas, il me conservait une place toute particulière dans sa vie. Je restais la femme tant convoitée, qui alimentait les fantasmes, qui nourrissait éternellement la littérature intime de ce grand pervers.

Le soleil était déjà haut et il soufflait un vent froid quand j'ai quitté l'appartement. J'ai contourné le pâté de maisons, traversé le boulevard pour trouver un taxi. J'avais mal. Physiquement mal. Envie de hurler. Comme si mon corps était une mécanique rouillée que l'on avait tenté de remettre en marche. Tout cela sonnait faux. C'était comme si nous venions de rompre un pacte. De trahir un engagement. Notre attachement devait se passer de sexe. Il trouvait sa force dans nos similitudes inavouées. Dans une certaine admiration que nous avions l'un pour l'autre. Tant que nous ne faisions que nous regarder, nous toucher, nous caresser, il y avait de l'harmonie et du respect. Là, dans le malaise qui s'installait dans mon ventre, je redevenais la jeune femme dépucelée à la va-vite par un junkie de passage, disparu dans la brume automnale, le matin de mes dix-huit ans.

Lassée de conserver cet hymen qui n'avait été convoité par personne et qui me marginalisait de plus en plus, comme un adolescent qui peine à muer, j'avais élaboré avec la complicité d'une amie savante une mise en scène qui ferait de moi une femme le jour de mes dix-huit ans.

J'avais passé la soirée chez elle, entourée d'inconnus qui n'étaient autres que ses fournisseurs en herbe et substances hallucinogènes diverses. Il y en avait un qui paraissait plus sauvage que les autres et qui était sans aucun doute le plus beau. Il avait un accent du Sud, une crinière noire et des yeux bleus et, contrairement à ses compagnons, il ne sentait pas le linge sale.

Les heures passèrent au rythme des pétards consumés et des bouteilles d'alcool vidées jusqu'au moment où il ne resta plus rien et il devint évident que chacun rejoindrait la couche qu'il s'était choisie. Ma savante amie me glissa à l'oreille :

– Toi, tu dors avec Emmanuel dans la petite chambre...

J'héritais, à ma grande joie, du plus beau des vagabonds mais du plus petit lit.

Aucun baiser ne fut échangé. Il se laissa tomber sur moi sans un mot, écarta ma culotte et s'enfonça péniblement en moi.

Quand j'ouvris les yeux le lendemain matin, brûlante et sanguinolente, il avait disparu.

C'est ce souvenir nauséabond qui refaisait surface alors que j'entrais dans le taxi et je tremblais en imaginant ce qu'allait devenir notre histoire.

15

Ce matin, je me suis levée. Je reste muette. Je me sens faible. Je fais quelques pas hésitants dans la chambre. Le sol est recouvert de larges carreaux blancs et froids, tellement propres que je peux me voir dedans. Je me regarde par en dessous. Ça me donne le vertige.

Il y a cette lumière qui pénètre en faisceau dans la pièce et s'écrase sur le sol. Comme une vue du dehors projetée sur un écran. Je traverse le faisceau. Je recule et me tiens debout dans ses rayons. Je voudrais avancer vers la lumière mais la fenêtre est trop haute. C'est comme si cette lumière était le couloir de la fuite. Il faudrait être léger, désincarné, volatile pour en atteindre la source et se fondre à l'extérieur. Je me dis qu'il est un peu tôt pour cet effort. Que j'y penserai plus tard. Alors je me retourne vers le mur blanc. Il n'y a ni tableau, ni relief, juste une surface plane où je peux à loisir voir défiler les images tourmentées du passé.

Je m'assois par terre, face au mur. Je ne bouge plus.

Je me vois là, couchée au pied de l'escalier. C'est moi

qui suis tombée. Je gis exactement dans la position qu'avait Alexandre. Il descend les marches prudemment, me regarde en pleurant.

– Maman, maman, tu t'es fait mal ?

Il s'agenouille près de moi, me touche la tête. Je suis morte. Que s'est-il passé ? Non, j'ouvre les yeux, ma tête me fait souffrir, un peu de sang coule de mon oreille droite. Je n'y vois pas très clair. Juste le temps de dire à Alexandre d'appeler le 19 et je m'évanouis à nouveau.

J'ai réussi à le faire venir, mon petit. Tellement je l'ai voulu, tellement je l'ai appelé. Comme quand j'étais enfant et que je faisais neiger. C'est moi qui décide dorénavant. Qui est mort. Qui est vivant. Si j'en avais été consciente plus tôt, combien d'hommes aurais-je tués, combien de traîtres et de tyrans ?

Greg, qui avait vingt-quatre ans quand j'en avais quatorze, un été à Fort-de-France. Nous nous sommes embrassés sur la *Savane* déserte un soir à 22 heures. La grande place était sèche. Il n'avait pas plu depuis plusieurs jours. Il m'a dit : « Ida, comme tu embrasses bien ! » J'en fus toute retournée, car c'était mon premier baiser. Il m'avait laissée gentiment tomber dans ses filets. J'étais amoureuse, je vibrais soudain d'une énergie nouvelle, je versais dans une cyclothymie incompréhensible, et lui me laissait faire, se flattant qu'une conquête aussi jeune et inexpérimentée mais néanmoins avertie se fût si facilement laissé séduire. Il avait la peau claire et les cheveux bouclés, quelque chose d'enfantin dans sa façon de parler, un accent traînant qui ne lui allait pas. Il n'était pas très intelligent bien qu'instituteur, n'avait aucune ambition mais faisait illusion. Il fut assez délicat pour ne pas me demander ce que je lui aurais refusé, mais bien assez méchant pour me cacher qu'il était déjà père et prêt à se marier. Je quittai la Martinique le 6 septembre, il se maria le 7. Quelques jours plus tard m'arrivait une carte postale en guise de faire-part.

Comme entrée en matière, je l'ai trouvée mauvaise. Lui, si j'avais pu, à ce moment de mon existence, à peine sortie de l'enfance, la tête farcie d'illusions, lui, je l'aurais éliminé. Éradiqué, annulé, bref, je l'aurais tué.

Mais j'ai fait apparaître Alexandre. Il est là devant moi et me parle ! C'est son corps, ce sont ses mains, ses cheveux, ses yeux étonnés et doux qui me regardent. Mais ce n'est pas sa voix. C'est celle d'Adrien. Il dit qu'il ne m'a pas quittée, que si je l'aime avec plus de constance il sera à moi et nous vivrons heureux. Il dit qu'il reviendra chaque jour et que, si je ne le déçois pas, il posera sa main sur la mienne et j'aurai la preuve qu'il vit. Je veux le toucher tout de suite. Je tends les bras vers lui, je veux l'attraper, le soulever, l'emporter, mais mes bras ne rencontrent que l'air et c'est autour de mon ventre qu'ils se referment. Où est-il ? Alexandre est reparti, je l'ai fait disparaître. C'est l'histoire de ma vie. Cette impatience chronique qui me précipite vers le néant. Je ne retiens rien. Je me vide comme une outre éclatée. De mon âme éventrée fuient des songes épars. Je suis percée d'une multitude de trous. Alexandre est mon bonheur. Mon malheur aussi. Je l'ai façonné dans mon ventre, seule depuis sa conception, puis je l'ai aimé. Tellement aimé que je l'ai empêché de grandir. Il ne fallait pas qu'il devienne l'un d'eux. Je l'ai voulu vierge de rage contenue. Je l'ai voulu ange sexué. Je ne l'ai jamais voulu homme. J'ai travaillé pour qu'il n'ait jamais à se pencher sur une femme lui avouant son amour et la quittant ensuite. Qu'il n'apprenne jamais qu'un corps en remplace un autre, qu'une odeur en efface une autre, que les hommes sont interchangeables et les femmes aussi. Que la vie est une basse-cour de petites et grandes trahisons et que chacun d'entre nous ne connaîtra pas l'amour. Je l'ai voulu figé dans l'éternité de son enfance. Un petit être dodu au sourire total, aux humeurs tranchantes et aux émerveillements intacts. Je n'ai pas voulu qu'il connaisse l'honneur, l'abstraction, le respect factice, la considération, le devoir, le devenir.

Ne deviens jamais rien. Ne bouge pas, Alexandre. Je t'ai figé dans le temps. Si tu reviens, ce sera tel que je t'ai laissé. Je ne veux pas ces mots qui sortent de ta bouche mais ne t'appartiennent pas. Je ne veux pas de cette voix qui m'a si souvent blessée. Je ne veux pas d'un fantôme, juste mon enfant. J'ai peur des fantômes. Ils se déplacent comme le vent dans une maison vide, comme le froid qui envahit l'absence d'amour maternel, comme la fièvre qui vous glace le dos sous les draps mouillés.

Adrien est parti. Il ne m'a rien laissé. J'ai jeté toutes les lettres, les photos aussi. Il n'y a plus aucune trace. Alors fais-moi grâce de sa voix. C'est elle qui me transperce.

– Je n'ai pas d'amour pour vous, disait-il.

Et toi, petit prince, tu transformeras ça en « je ne t'ai pas quittée ». Juste pour me faire sourire. Juste pour me faire rêver. Reprends ta voix, Alexandre ! De toute façon, Adrien ne t'aimait pas.

Te souviens-tu de ce long couloir bleu qui tournait ? Au fond, il y avait les toilettes. Toi sur une trottinette qui prenais ton élan dès le début du parcours. Tu roulais de plus en plus vite. À l'instant où tu allais freiner, Adrien sortit du cabinet et la collision eut lieu. Il était furieux. Tu t'étais fait mal et moi, je courais vers le bout du couloir pour te gronder. Tu pleurais, tu étais tombé sur la bouche et tes dents s'étaient enfoncées dans la mâchoire supérieure. Et moi, sombre conne, je n'avais d'yeux que pour Adrien qui tenait son genou droit dans la main. Il était à peine meurtri. Mais c'est sur toi que s'abattit ma main avec force. C'est toi qui devais être protégé et c'est lui que je couvais. C'est moi que je flagellais en te punissant, mon enfant.

Il faut quitter l'écran de la honte qui s'étale comme une large tache d'encre devant moi. Elle envahit le mur.

Tout devient noir. Il ne me reste que le dégoût prononcé de moi. D'être descendue aussi bas.

C'est la nuit qui s'installe et le monde se remet en place.

C'est l'entracte dans ma tête.

Ça ira mieux demain.

16

Je me lève lentement. J'ai la tête qui tourne. Je vacille. Je me sens faible mais habitée d'une chaleur dangereuse. Je déplie doucement mon corps, fais craquer mes articulations et appuie d'un index décidé sur la sonnette d'appel. Une sonnerie se déclenche chez l'infirmière de garde qui accourt trente secondes plus tard flanquée de ses inséparables cerbères. Ils ont des visages paisibles et des mains larges. Des torses convexes et des cheveux rasés.

– Je veux manger.

J'ai décidé de m'alimenter à nouveau, je suis tout à mon désir de rester vigilante à la venue d'Alexandre.

– Vous allez mieux il me semble, madame Sayag, nous allons appeler le professeur Herbert !

– Je ne veux pas voir le professeur, je veux manger !

Je suis déterminée à ne rien laisser percer. Personne ne doit savoir ce qui torture mon esprit depuis hier. Ils me voleraient. Surtout ne rien dire que les mots nécessaires à ma survie. Enclencher la mécanique du robot. Ne pas m'exposer aux interrogatoires vicieux des hommes, ne pas me laisser pénétrer. Personne ne doit connaître la vérité. D'ailleurs, qu'est-ce que la vérité sinon une interprétation loufoque et subjective de ce qui nous est donné ?

Je n'ai commis aucun acte volontairement. Je suis téléguidée. Un pion sur un échiquier qui tombe au moindre souffle. Qui peut se vanter de me connaître et de m'aider ? Il y a la nature des hommes et la nature des choses. Je me sers de la nature des choses comme d'une béquille contre la tourmente mais je suis étrangère à la mienne. Mon alter ego ne ressemble pas à l'être parfaitement complémentaire qui m'aiderait à traverser l'œil du cyclone. Il est vil et je ne le suis pas. Vicieux, pervers, et je ne suis coupable que de l'avoir reconnu. Le regard rougi par la fixité de mes paupières, j'attends mon repas adossée au lit blanc.

– Une fois encore, je ne manquerai pas de passer cette nuit sans vous.

Ces paroles se détachent dans le silence de la chambre quand on m'apporte le plateau chargé d'une assiette de purée jaune, de petits pois verts et d'un pâté de viande rouge. Il faut éviter les couteaux, ils ne sont pas autorisés dans l'établissement. Juste une cuillère en plastique dur comme un couvert d'enfant.

– À qui parlez-vous, madame Sayag ? Allons, je vais

rester là pour m'assurer que vous mangez tout. S'il vous reste un peu d'appétit, il y a un yaourt au dessert.

Cette façon niaise qu'a le corps médical de s'adresser aux patients m'a toujours énervée. Je l'ai côtoyé de près quand j'avais vingt ans et il était autrement bavard et déluré le corps médical ! Incarné tout entier par un ami qui terminait son internat de chirurgie et à qui j'avais l'habitude de rendre visite les soirs de garde. Le plaisir que j'éprouvais à revêtir la blouse, les chaussons et le masque, puis à entrer dans la salle d'opération au côté du jeune chirurgien au grand dam des autres acteurs de la boucherie, était sincère. J'aimais les discussions légères qui s'y tenaient, le détachement élaboré face à la mort probable, l'ignorance feinte de l'odeur nauséabonde que dégageait la chair malade mélangée aux désinfectants, le ballet des instruments et le son de la peau qu'on tranche. J'aurais bien voulu me saisir à mon tour du bistouri et inciser là où le trait avait été tracé. Voir apparaître successivement toutes les couches du derme et atteindre les organes, évitant délicatement les nerfs et les artères. Guy était un dentellier, un véritable artiste. Jamais d'effusion de sang. Je ne me lassais pas de ce spectacle anachronique. Des blouses vertes tournoyant au rythme d'une musique disco, des rires qui fusaient en écho aux blagues de corps de garde. Je l'avais assisté un jour, alors qu'il posait une sonde gastrique sur un animal de laboratoire. J'avais épongé, fixé les tendeurs, passé les instruments, me trompant systématiquement, et comme j'avais ri de mes propres exploits !

Mais un jour on m'interdit l'entrée des labos et des salles d'opération. Des patients avaient eu vent de mon apprentissage en touriste et avaient porté plainte.

J'en sais assez sur le double langage des médecins pour ne plus jamais m'y fier. Alors il faut rester muette devant l'imbécillité naïve de l'infirmière. Muette et résignée. Calme aussi. J'avale tout ce qui se trouve sur le plateau en un temps record. J'accepte les cachets qu'elle me tend, les ingurgite devant elle et ouvre bien grand la bouche pour qu'elle vérifie qu'ils sont bien ingérés, puis je m'endors aussitôt, épuisée et bercée par l'espoir de revoir Alexandre.

17

Cette nuit, j'ai rêvé de mon père. Il me tenait par le bras et me guidait vers la grande maison bleue avec les colonnades et la véranda. Il m'emmenait me recueillir sur la dépouille de ma grand-mère qui s'était laissée mourir, plantant tout le monde dans sa propre agonie. J'étais en colère. Je lui en voulais d'être partie et d'avoir abandonné mon père à cette douleur injuste. Je lui en voulais de n'avoir su entendre les élans de son cœur, d'avoir ignoré son amour. J'étais enceinte d'Alexandre et l'idée même de voir un cadavre me donnait la nausée. Pourquoi avait-on choisi d'exposer le corps dans cette demeure ennemie où toute la famille se retrouvait à batailler entre haine et larmes dans une hypocrisie à peine masquée ? Pourquoi l'avait-on éloignée de ceux qu'elle avait soignés, aimés et soutenus toute sa vie ? Où étaient les clochards de la rue Saint-Séverin, le vendeur de crabes et le colporteur ? Il n'y avait que mon père qui souffrait réellement. Et moi, qui avais fini par me rapprocher de cette grand-mère monumentale, si avare de son espace. Je n'avais pas eu le temps de lui dire combien je l'avais aimée malgré toutes les mesquineries, toute la jalousie que j'éprouvais à l'égard de ceux de mes cousins que je soupçonnais d'être ses préférés. Depuis ma naissance, c'était la première fois que quelqu'un mourait dans ma famille et cela avait une saveur étrange, amère.

Ce jour-là il faisait chaud à en crever. Les arbres se desséchaient en espérant la pluie. Le ciel était tendu, sans nuage. Le chemin qui grimpait à la maison était long et difficile.

Je m'arrêtai pour souffler et dis à mon père que je n'irais pas plus loin.

– Je préfère garder le souvenir de ma grand-mère vivante !

Je restai un moment à le regarder continuer le chemin, les épaules affaissées par le chagrin, et je partis en sens inverse me délivrer de l'immense peur qui m'avait étreinte dans un fossé en contrebas.

Je n'avais rien pu pour ce père que j'adorais. Je n'avais même pas osé le prendre dans mes bras, essuyer les larmes qui coulaient sans interruption sur ses joues creusées. J'aurais voulu poser ma main sur son front plissé, dire les mots attendus, atténuer la douleur, lui rendre les caresses qu'il m'avait données. Le consoler tout simplement.

Comment survivre à la mort ? Le premier décès ouvre une porte sur l'insécurité, sur des frontières ignorées jusqu'alors. On ne nous apprend pas la mort. Et comment justifier la disparition d'une mère. Poursuivre sa vie, entreprendre à nouveau sans culpabilité. Marcher droit, croire en quelque chose, aimer ceux qui restent alors que l'unique objet de l'amour s'en est allé.

Je manquais de courage. Maman me l'avait toujours dit. Tout ce dont j'étais capable, c'était pleurer les larmes de mon père. Les verser si possible à sa place. Lui donner l'illusion que je prenais à mon compte cette charge bien trop lourde pour lui. Il ne la méritait pas alors que moi j'étais déjà si lourde que rien ne pouvait me peser davantage.

L'enterrement eut lieu le lendemain. J'avais tellement pleuré que mon père avait séché ses propres larmes. Tous les regards étaient tournés vers moi. Quand on fit descendre le cercueil dans le caveau, une pensée foudroyante me traversa. Jamais on ne me mettrait dans une boîte et encore moins sous terre. Je voulais rester libre jusque dans la mort. J'avais de la peine car j'étais sûre que ma grand-mère aurait voulu la même chose. Plutôt que de se disputer avec ses ancêtres, elle aurait aimé entreprendre le voyage autour du monde, se poser sur chaque édifice, aller voir ses sœurs les cathédrales, chatouiller les narines des chevaux, voler devant les avions et plonger dans l'océan avide. Se perdre oui, mais pas sous terre avec des vers comme seuls compagnons... Se perdre dans les vents chauds ou glacés, s'abîmer sur une plage encore vierge ou au sommet inviolé d'une montagne... Entendre toutes les musiques de l'univers et s'envoler peut-être encore plus loin, encore plus haut, nul ne sait ce que durent les cendres…

Nous avons quitté le cimetière comme deux chiens blessés se léchant mutuellement leurs plaies. Nous allions commencer à descendre l'allée qui menait au bourg quand au zénith de l'église apparut un nuage violet et noir traversé de violents éclairs jaunes. Le ciel craqua au-dessus de nos têtes et se vida de son eau trop longtemps retenue. La saison des pluies était en retard. Nous nous mîmes à courir et quand nous eûmes regagné la maison, nos visages avaient été lavés de leurs larmes. L'orage nous fut salutaire. Mais jamais plus je ne pus traverser le village sans être submergée par une douleur déferlante. Il y avait cette présence. Je me disais que c'était l'esprit de ma grand-mère qui tentait vainement de s'arracher à la tombe où on le retenait prisonnier dans l'espoir d'entamer ce voyage infini.

18

Ma chambre est une cellule, mon lit une sépulture. J'y ai tué de nombreux amants. Le souvenir de chacun s'est imprimé dans les draps. Ma couche est peuplée de fantômes qui se bousculent et se disputent le droit de la partager. Les plus téméraires essayent de s'endormir.

L'un se met sur le ventre, l'autre sur le côté. Ils poussent de leurs pieds les pieds du voisin. Tant et si bien que c'est moi qu'ils éjectent. Je tombe en repentir, je coule lentement. Ils ont eu raison de moi. Sélim est tout au bord, le visage fermé. Il ne veut pas partir, ni laisser sa place à l'autre grand format qui joue des biceps. Il y a Georges qui se fraye un chemin, l'air de rien, il ne veut déranger personne, il se voudrait discret. L'homme au chien blanc prend peu de place et le chien n'est pas là. Mais il y en a un qui menace de cogner, de sortir un couteau ou un revolver. Je les aime tous encore, je ne veux pas les lâcher, les rendre au néant puis les oublier. Ils m'ont vidé le corps, bu le sang et la sueur, me laissant à la merci de l'indifférence.

S'ils s'en vont, je ne suis plus rien.

Alors je les garde, enfermés dans le lit, sans rien changer au décor.

Ils finiront par s'entendre.

Je me suis réveillée en sursaut sur une image qui ressemblait à un détail de *L'Enfer* de Jérôme Bosch. Ma chambre était cet enfer et tous les hommes que j'ai connus en étaient les suppliciés. Je croyais les avoir chassés de ma mémoire pour ne retenir qu'Adrien, mais voilà qu'ils resurgissent du passé. Et Bilal, pourquoi m'est-il apparu sous les traits de ce scribe aperçu au musée de Syracuse ? Le visage fermé, les yeux étirés, la bouche close, une quiétude rassurante émanant de son corps tout entier. Il était plus maigre. Les cheveux étaient devenus gris et le sourire qu'il affichait constamment semblait avoir déserté pour toujours son visage. Il m'avait emmenée voir l'Égypte, les mastabas de Deir el-Bahari. Écouter les bruits du Caire, la voix des muezzins. Dans le rêve, Bilal parlait un peu arabe. Il hésitait pourtant, retenant ses mots de peur d'être ridicule. Il tenait à la main un enregistreur digital pour y enfermer tous les sons de la cité qu'il ne voulait pas oublier.

Je désirais retenir ces images. D'où sortait l'Égyptien ? J'avais mis des années à extraire de ma mémoire sa brutalité et la violence de sa jalousie. Il renaissait de mes peurs. J'avais entendu comme un écho ramené par le vent les accents de sa voix rauque m'accablant d'injures.

Il m'est parfois arrivé de croire à une force supérieure qui aurait fait de moi une sorte de justicière des femmes. Avant de rencontrer Adrien, j'ai feint cent fois de tomber sous le charme d'amants transis. Je simulais l'amour, la dépendance et les déchirements, j'y mettais tout mon cœur, les tensions, le tempo, pour que l'histoire soit ponctuée et ne s'enlise jamais, et quand ça finissait par plaire à l'homme du moment, quand il était fin cuit, prêt à s'abandonner, à promettre mariage et même fidélité, des enfants, des voyages et une jolie maison, je brisais d'un coup sec l'union que j'avais fabriquée, je détruisais d'un mot toutes ses ambitions. Et le pauvre garçon se retrouvait vidé, vampirisé, à sec, avec comme seule issue le suicide ou la folie.

Aucun ne s'est jamais suicidé.

Ils sont, je crois, tous repartis plus forts et mieux armés, juste un peu plus misogynes qu'avant.

19

La nuit n'avance pas. La tache d'encre a envahi toute la chambre, rien ne se passe sur le mur en face. Ne veux-tu pas venir un tout petit moment, Alexandre ? Suis-je bête ! Tu dois dormir de ce sommeil lourd qui assaille les petits enfants. Peut-être rêves-tu de chevaliers masqués, de vaisseaux dans l'espace et de toi en rédempteur ? Ou est-ce de crapauds et de bêtes sauvages, de châteaux hantés, d'incendies de forêt ? Ou de ce cinéma qui prit feu un après-midi que nous étions allés voir *La Belle au bois dormant* ? C'était au moment même où la Belle se pique, quand apparaît la maléfique, qu'on a vu de grosses flammes embraser le bas de l'écran. On a eu tout à coup un mal fou à respirer. Ça sentait le soufre et une fumée épaisse remplissait la salle à toute allure, couvrant les têtes les plus hautes. Je t'ai poussé à terre et j'ai noué mon écharpe autour de ton visage, puis je me suis agenouillée. C'est la providence qui nous a guidés ce jour-là. Trouver la sortie de secours ne fut pas facile, tu toussais, tu pleurais, tu t'agrippais à moi qui rampais difficilement. Le feu prenait de toutes parts. Il y avait des adultes et des enfants qui ne bougeaient plus, des cris, des hurlements et la voix dominante d'un homme qui ordonnait de se diriger vers la porte principale et d'éviter la sortie de secours. Nous nous sommes retrouvés seuls derrière la porte coupe-feu. Je t'ai pris dans mes bras et j'ai couru aussi vite que j'ai pu jusqu'au moment où j'ai eu l'impression de respirer à nouveau. Les ambulanciers n'ont pas tardé. Ils nous ont mis des masques à oxygène et nous ont enveloppés avec des couvertures ignifugées. Tu étais entièrement recouvert de poussière noire. On ne distinguait que tes yeux terrorisés qui cherchaient le réconfort.

Il y eut douze morts et le double de blessés et toi, atteint dans l'âme, tu n'as pas oublié. Parfois tu cries la nuit que ça te brûle. J'ai beau tout essayer, tu ne te réveilles pas. Alors je prends tous les glaçons du congélateur, je les mets dans une serviette et je passe cette compresse sur ta tête et sur ton ventre. Tu t'apaises enfin. Je ne saurai jamais où s'en vont tes songes alors. Quand vient le matin, tu ne te souviens de rien.

20

Les jours passent et mon comportement laisse penser au corps médical que je suis tirée d'affaire. Ce n'est plus qu'une question de temps et de repos. On dit que j'ai abordé un syndrome schizophrénique.

Je recommence à vivre selon les horaires établis par l'hôpital. Je me lève sans difficulté. Je fais ma toilette. Je me nourris et je ne crie plus.

Ils me trouvent encore un peu catatonique. C'est normal, je ne les vois pas… Le monde est transparent. Rien de ce qu'il peut me proposer aujourd'hui ne m'intéresse. Mon cerveau explose de tout comprendre trop vite. Tout, sauf l'essentiel apparemment. Ma gorge se remplit de larmes qui ne couleront pour personne d'autre que moi. Moi. Seul témoin des pauvres reliques glanées dans mon inconscient. Reliques d'une époque où rien ne m'apparaissait aussi clairement. Ni le bonheur, ni la souffrance, ni les caresses, ni les coups. Infâme clairvoyance. Pitoyable ignorance, fidèle et profonde folie !

Quand me rendras-tu à la vie ? Où en suis-je de mon errance ? Échouée dans un temple sans dieu, blanc et fixe, sans avenir, avec comme seul passé le souvenir inaltérable des longues séquences de larmes qui en habitent encore les murs. Ballottée d'un souvenir à l'autre, d'elle au miroir à moi dans cette peau, d'un homme à un autre, montagnes russes sans soleil à l'horizon. Loin des reflets incandescents que lancent les rails de Coney Island où ne survivent que les fantômes des enfants effrayés par de trop fulgurantes descentes et d'acides remontées.

Pas de plage de galets gris uniformes sur lesquels on se fend les pieds en espérant atteindre une mer moins froide qu'elle n'y paraît.

Pas de souvenir sans écran. Pas de mémoire sans passé.

Pas de visite, pas d'ami, rien ne m'allume, rien ne m'éteint, rien ne concurrence ce funeste destin.

21

– Maman ?

C'est la voix d'Alexandre. J'ouvre les yeux, il se tient devant moi.

– Maman, ne t'inquiète pas, rien n'est de ta faute. Je suis beaucoup plus fort que tu n'as jamais osé l'imaginer. C'est moi qui te soutiens depuis le début. Je te tiens en vie. Tu as accouché d'une béquille. Et si je suis là aujourd'hui, c'est que je l'ai décidé. Cela ne pouvait pas durer, ce triangle obsessionnel.

– Qui es-tu ? Ce n'est pas toi qui parles, Alexandre !

– Cesse de me prendre pour un attardé mental, j'ai tout compris depuis longtemps. Ma gestation fut un enfer. Te souviens-tu quand je suis né ? Je criais déjà, alors que mon cou n'était pas encore sorti. Tu as même dit que je devais hurler depuis longtemps dans ton ventre. Si tu savais pourquoi je criais… Ce que tu m'as imposé ! Un condensé de haine et de violence que tu m'as perfusé. J'étais déjà coupable et responsable à peine conçu. Quand je suis enfin venu au monde avec dix jours de retard, j'avais décidé d'assumer ta douleur. Maman, si tu n'étais pas ma mère, j'aurais toutes les raisons de te haïr. Si tu ne voulais pas que je grandisse, c'est que tu appréhendais que mes forces se décuplent et que je mette un terme à ta loi. Tu es trop dépendante, trop influençable. Mais, vois-tu, je l'accepte cette dépendance. Tu m'as appris que la vie n'est qu'une triste suite de séparations, de la naissance à la mort, mais tu mentais, maman, tu voulais me garder accroché à ton ventre, me traîner derrière toi comme un souffre-douleur, m'assujettir à tes échecs. Mais je n'étais pas dupe. Qu'allais-tu faire de moi ensuite ? Il n'y avait plus d'issue et c'est pour cela que j'ai accepté de partir. Et aujourd'hui tu me rappelles. Que veux-tu savoir ? Qu'attends-tu de moi ? Que je t'apprenne à te regarder dans un miroir ? Car enfin, c'est quoi cette histoire de miroir ? Ma pauvre, tu dérailles ! Si tu le souhaites vraiment, tu peux sortir d'ici, cela ne dépend que de toi. Crois-tu que ça me plaise de te rendre visite dans cet asile de fous ? Tu le sais qu'ils t'ont enfermée dans un asile, maman ? Tu n'es pas dans une maison de repos ! Tu es mise entre parenthèses et tu risques fort d'y rester. Tu peux te défendre. Tu veux que j'absolve tes péchés ? Que je te dise que tu n'as rien fait, que j'efface tes actes ?

– Mon petit, s'il ne t'aimait pas, il ne pouvait pas m'aimer non plus ! Arrête, je t'en supplie !

– Tu abîmes tout, ma pauvre, tu ne gardes rien. Ou plutôt si, des objets sans importance, des foutaises, mais de sentiments, point. N'as-tu pas encore compris que le ciment de notre histoire, c'est l'amitié qui nous unissait ? Mais tu n'as jamais été capable de le supporter. Il suffisait pourtant que tu cesses de demander pour recevoir enfin. Toujours ce bon vieux rapport de force que tu cultives avec tout le monde. Et tu as fait un fils ! Quelle hérésie ! Et qui va le sauver celui-là ?

– Tu t'es arrêté de parler, Alexandre ? Pourquoi l'as-tu laissé venir avec toi ? Je ne veux pas l'entendre. J'ai tellement honte !

Le pire c'est qu'aujourd'hui je referais la même chose. Je le perdrais encore.

22

Te souviens-tu du jour où nous étions partis tous les deux le rejoindre à des milliers de kilomètres sur les rivages de l'océan Indien, où par miracle il nous avait invités ? Tu étais si joyeux. Je t'avais fait miroiter les merveilles du voyage, la découverte des volcans, la forêt tropicale, les torrents de cent mètres de haut qui dévalent la roche. On allait vivre toutes sortes d'aventures, dormir à la belle étoile, s'ébrouer dans les rivières, griller la nourriture au feu de bois. On allait être bien tous les trois, comme une vraie famille. Et nous sommes arrivés. Personne ne nous attendait. Nous avions une adresse, nous y sommes allés. Là, un message nous disait qu'Adrien était en mer et qu'il ne rentrerait que tard dans la soirée. Qu'il ne fallait surtout pas l'attendre. Alors j'ai fait semblant que tout allait bien, que c'était normal. Nous avons déjeuné, barboté dans la piscine, profité du soleil et du dépaysement. Tu étais aux anges ! Quel enfant heureux tu faisais !

À 5 heures du matin, le lendemain, Adrien nous réveilla, nous intimant l'ordre d'être prêts à partir avec un bagage minimum à peine trois quarts d'heure plus tard. On allait dans la montagne. On achèterait en chemin de quoi se restaurer et l'on verrait ensuite. Pas un bonjour, pas un mot pour toi. Il n'y avait rien de tendre dans sa brusquerie. Nous le dérangions visiblement.

Nous étions dans le hall à 6 heures, j'avais réussi à stocker mes trente kilos de bagages, j'avais trié à grand-peine pulls et maillots de bain, gardant de quoi subvenir à toute éventualité. Du moins, je le croyais. Toi tu ne disais rien, tu me suivais, essayant de te rendre utile.

– Bonjour, Adrien !

Il ne t'avait pas vu.

Nous avons embarqué dans une jeep de location et, après une heure de voyage, la voiture s'est arrêtée au bord de la route. Nous sommes descendus. On était soudain à plus de mille mètres d'altitude. Il faisait un froid de métal et il tombait des rideaux de pluie. La brume nous empêchait de distinguer le bout de nos chaussures et les sacs à dos qu'on nous avait prêtés pesaient plus de dix kilos chacun. J'étais vêtue d'un short et d'une petite chemise de coton fin, toi tu n'étais guère plus couvert. Tu tremblais de froid et de peur. Adrien nous dit qu'il faudrait marcher huit heures avant d'atteindre le premier relais où nous passerions la nuit. Si nous avancions à bonne allure, nous aurions peut-être le temps de reprendre notre souffle et de déjeuner.

Te souviens-tu comme tu te mis à marcher, lentement, d'un pas hésitant, t'arrêtant toutes les cinq minutes ? Tu appréhendais la montagne comme si elle allait t'engloutir. Et puis soudain, stoppant net :

– Maman, je voudrais revenir en arrière, rejoindre la voiture !

Adrien était déjà loin, il avait un pas de militaire. Je l'avais supplié de nous attendre mais il faisait la sourde oreille. J'eus beau l'appeler, je n'entendais en réponse que l'écho de ma voix. Que pouvais-je faire ? Partir en courant à sa recherche, dévaler le sentier jusqu'à le rejoindre et te laisser là, un kilomètre plus bas, seul sur le chemin escarpé de cette montagne hostile ? Ou rebrousser chemin ? La jeep était repartie depuis longtemps. Sur cette route qui semblait ne mener nulle part, en cette saison et par ce temps, même un habitant ne s'y serait pas risqué. Trop de crevasses et de bordures abruptes d'où l'on risquait d'atterrir au fond d'un ravin.

Nous serions restés là, pétrifiés par le froid, peut-être même une journée et une nuit entières avant que ne passe un touriste égaré. Il fallait marcher. Avancer à tout prix. Te convaincre que le rêve était toujours devant et qu'on allait l'atteindre. Qu'il suffisait d'un peu de bonne volonté pour se relever, oublier les chaussures qui ne convenaient pas au terrain, oublier le froid et la pluie et marcher pour atteindre notre but. L'aventure n'était pas à la portée de tous.

Au bout d'une demi-heure, tu t'es mis debout, tu as séché tes larmes, oublié la faim, et nous sommes repartis, nous tenant par la main. Le chemin amorçait une descente. Tu trébuchais sans cesse mais tu avançais quand même.

Cela dura une éternité. Nous arrivâmes au lit d'une rivière qu'il fallait traverser. Il n'y avait aucun pont. Seulement quelques rochers, trop espacés les uns des autres pour qu'on les enjambe en sautant. De l'autre côté, c'était la forêt et la paroi qui remontait. Je regardais en l'air sans en voir le sommet. Je fus prise de panique quand je réalisai que nous avions perdu les traces de la randonnée. Grande fut la tentation de tout abandonner, de m'asseoir et d'attendre. Mais la perspective de te voir sombrer à nouveau dans un puits de découragement m'arracha à mon épuisement. Je te soulevai difficilement sur mes épaules et entrai dans l'eau glacée en équilibre précaire. Ça t'amusait beaucoup, ce qui me fit gagner du temps, mais tu ne voyais pas que de part et d'autre des rochers le courant était fort et aurait pu t'emporter si tu étais tombé à l'eau. La rive atteinte, nous avons entrepris péniblement de remonter l'autre versant. Tes chaussures étaient trempées, moi j'étais mouillée jusqu'aux seins, ce qui rendait la marche encore plus difficile. C'est toi qui as retrouvé les deux marques rouges qui indiquaient le sentier à suivre, entre les fougères arborescentes et les lianes, les ananas sauvages et les orchidées des bois. Alors, cette nature pantagruélique qui nous avait fait si peur est enfin apparue sous un ciel plus clément. Il avait cessé de pleuvoir et la forêt revêtait soudain un manteau féerique. Ça brillait de toutes parts, des couleurs nouvelles apparaissaient chaque fois qu'un rayon du timide soleil transperçait les couches de feuilles. Tu me devançais. Tu montais beaucoup mieux que tu n'étais descendu. Moi je soufflais comme un chien. J'étais assoiffée. Je regrettais presque la rivière et sa fraîcheur. Le paysage se mettait à tourner. Il fallait que je m'asseye pour ne pas défaillir. Quelques heures plus tard nous avons atteint une plaine. Comme un plateau. On arrivait à l'orée d'un bois de pins. C'était bizarre les pins après les fougères. Nous devions être très haut. Mes genoux me faisaient souffrir. Nous avions mangé toute la boîte de gâteaux volée dans le minibar de la chambre d'hôtel mais il était 16 heures et je savais que le soleil se coucherait dans moins de deux heures.

Les bois m'effrayaient. Toi aussi. On entendait toutes sortes de bruits et de craquements mais il fallait s'engouffrer dans cette forêt coûte que coûte. Elle annonçait peut-être la fin du voyage.

Nous avions déjà marché plus de huit heures et Adrien ne nous avait pas attendus.

Après la forêt, et la terre jonchée d'épines dorées par le soleil qui amortissaient nos pas et ajoutaient au mystère du lieu, nous atteignîmes la lisière du bois. Devant nous s'étalaient à perte de vue des champs de maïs. Je n'avais jamais rien vu de tel. Une succession si variée de paysages, tous opposés les uns aux autres. On eût dit que la nature y avait déversé son trop-plein de divergences. Nous avons entamé la traversée des champs de maïs qui semblaient s'étirer jusqu'à l'horizon. J'ai cru que la terre était plate ! Mais nous avons marché et, soudain, la limite du champ s'est trouvée devant nous. Enfin, en contrebas, sont apparus des cabanes et des chiens. Comment des hommes avaient-ils pu décider de vivre là ?

Adrien était tranquillement assis sur un tronc d'arbre, le nez plongé dans une carte d'état-major. Il a à peine levé les yeux pour dire : « Vous voilà enfin ! Vous en avez mis du temps ! »

Ce soir-là, dans la pénombre du gîte occupé par deux couples d'Italiens amoureux peu soucieux de cacher la passion bruyante de leurs ébats, après que tu te fus couché, je m'assis devant une cheminée froide pour tracer quelques lignes sur le bloc-notes que j'avais jusqu'alors refusé d'ouvrir de peur d'y voir apparaître le sillon indélébile de ma frustration et de ma souffrance.

J'étais en train d'écrire, le flux des mots s'était libéré et rien n'aurait pu l'interrompre. Rien sauf la main de cet homme que j'aimais qui se posa sur mon épaule.

– J'aime vous voir écrire. J'aime ce que vous écrivez.

Vous m'apparaissez transparente. Je vous comprends mieux, alors que je ne retrouve rien de vous dans vos paroles… Ne soyez pas impatiente, je finirai bien par venir à vous comme vous m'espérez. Pour moi l'amour n'est pas simple. Je ne m'y plonge pas, je ne m'y laisse pas engloutir avec autant d'évidence que vous en partant du principe que tout le reste suivra. D'ailleurs nos corps ne se toucheront pas tant que durera ce voyage, nos muqueuses n'entreront pas en contact. Soyons amis, compagnons de route si vous voulez. C'est tout ce que je peux vous proposer ici et dans ces circonstances.

Son regard était doux, intrusif et convaincant. Les revendications et la révolte qui montaient de mes entrailles avortèrent dans les vibrations cassées de son *sotto voce*.

C'était ainsi comme toujours. Il apparaissait juste à temps pour empêcher l'explosion d'une mutinerie, disait les mots, à peine au-dessous de ceux que j'avais espéré entendre, qui me permettaient d'atteindre le niveau tout juste inférieur à celui de la mer, suffisamment oxygéné pour que je puisse reprendre mon souffle. Avec lui j'apprenais l'apnée.

– Vous avouerez que c'est tout de même pénible de se trimbaler un gamin pareil dans une randonnée aussi belle !

Et de me détruire à nouveau.

C'était pourtant son idée, qu'il regrettait maintenant.

J'avais été assez stupide pour ne pas me méfier de cet accès d'altruisme et de générosité.

Cette nuit-là, je m'endormis seule dans l'un des petits lits superposés, recroquevillée dans une couverture marron humide et puante, oscillant entre espoir et déconvenue, nageant comme toujours entre l'écume et les bulles, prise au piège de la réflexion, du refus d'admettre ce que me soufflait mon instinct, sourde à mon corps propre.

Pendant les trois jours suivants de la randonnée, nos rêves se sont progressivement transformés en cauchemars.

Une nuit, alors que nous avions pour une fois élu domicile dans un gîte accueillant aux portes d'un village, un lieu habité par une famille chaleureuse qui nous recevait avec un somptueux repas, où les lits dressés de frais embaumaient l'eau de Cologne, une nuit qui promettait d'être enfin reposante, Adrien nous réveilla à minuit dans un état d'excitation qui laissait présager le pire.

– On s'en va, dit-il. On ne reste pas une minute de plus ici. Nous sommes cernés par des porcs. Il y en a partout. Je ne dormirai pas dans une porcherie, je n'ai pas fait dix mille kilomètres pour dormir avec des porcs ! vociférait-il.

Certes, le gîte était en réalité une ferme où l'on élevait de jolis cochons noirs et roses qui dégageaient une odeur de cochons si on se trouvait dans le mauvais sens du vent, mais cela n'avait rien de rédhibitoire et il aurait pu s'en rendre compte à une heure plus appropriée.

Devant son courroux et de peur de réveiller toute la maisonnée, nous nous sommes levés et, accrochés à nos sacs à dos, péniblement mis en route. Mais la nuit, sans autre éclairage que la petite lampe torche d'Adrien, nous avancions très lentement. Ton pas était plus hésitant que jamais et tu n'osais laisser couler les larmes que je savais contenues dans ta gorge, de crainte d'agacer la susceptibilité d'Adrien. Le chemin qu'il croyait reconnaître et qui était censé nous mener à une clairière enchantée repérée dans la journée s'avérait dangereux dans le noir. Tu le suivais tant bien que mal, pour ne pas perdre de vue le maigre faisceau de la torche. Moi, je marchais derrière, dans une obscurité totale.

Soudain, le vide. Sous mes pieds, le ciel. Au-dessus de ma tête, les étoiles. Entre les deux, mon corps de chair, enlacé dans les membres secs de l'arbre qui venait de me sauver la vie.

Je n'avais pas crié. Pas eu le temps. En une fraction de seconde, j'avais disparu. Au gré de ce que j'avais pris pour une ornière et qui s'était révélé un abîme, retenue par les sangles de mon sac à dos aux branches d'un arbre tors qui avait poussé à flanc de montagne jusqu'à ce que se réalise son destin salvateur.

– Maman.

Tu t'étais retourné instinctivement, puis arrêté net. Tu avais compris qu'un pas de plus dans ma direction risquait de te coûter la vie. C'est toi qui appelas Adrien.

Sans un mot d'empathie, il m'aida à m'extraire des branchages, me ramena sur le chemin et, une fois qu'il fut sûr que mes jambes me portaient à nouveau, il souffla, furieux :

– Vous pourriez tout de même faire attention où vous mettez les pieds !

Derrière nous le craquement douloureux de l'arbre qui achevait de se rompre et entraînait terre et cailloux au fond du ravin dans lequel je n'étais pas morte.

Ce fut ainsi de longs jours encore, les bivouacs forcés sur la terre humide, où tu mouillais ton sac de couchage tellement tu avais peur. Les feux de bois sur lesquels on ne grillait que du pain rassis et qui servaient aussi à sécher nos chaussures. Les rivières glacées qui n'avaient rien de romantique. On s'y arrêtait rarement et seulement pour se laver.

Après quelques jours de ce rythme pénible, un hélicoptère est apparu, anachronique coléoptère géant dans un ciel épargné, il nous a enlevés au désastre d'une aventure ratée, laissant Adrien, qui avait en secret organisé notre départ, seul dans ce paysage accidenté, heureux d'être enfin débarrassé de cette encombrante famille.

Quand nous sommes rentrés à Paris, tu as mis un

point d'honneur à ne te souvenir que de ce que tu avais rêvé. À l'aéroport, tu t'étais confectionné en quelques minutes un échantillon de souvenirs que tu distillas à tour de bras, racontant à qui voulait l'entendre le merveilleux voyage qu'il t'avait été donné de vivre.

23

Sonner l'infirmière. Demander un miroir. On ne me l'apportera pas, c'est interdit ici. Pas d'objets contondants. Pas une seule chance d'en finir. Ils forcent les gens à vivre dans l'immobilisme de leur souffrance. Chaque heure qui passe ne fait que la matérialiser un peu plus. On calme les malades non pour qu'ils guérissent, mais pour qu'ils mettent encore plus longtemps à quitter le monde. Ils sont une vitrine d'observation des cancers de la société.

Moi, tout ce que je veux savoir, c'est qui m'habite aujourd'hui. Alors je sonne et on verra bien. L'infirmière, flanquée de ses acolytes archaïques, m'accompagne au cabinet de toilette réservé au personnel. Ils ne me quittent pas, prêts à bondir au moindre geste inattendu, alors que je fais mine de me nettoyer les mains. Je penche ma tête vers le lavabo. Elle est lourde. J'ouvre le robinet de gauche, l'eau est chaude et me brûle. Je laisse mes mains sous le filet fumant, ignorant la douleur. J'en éprouve un plaisir contradictoire. Quelque chose me touche, quelque chose d'autre que ma propre chair. Je sens ma langue qui roule sur mon palais. Je la passe sur mes lèvres. Elles sont sèches. Un peu d'eau sur la bouche et je lève les yeux vers le miroir honni. Un visage apparaît. Des cheveux en bataille. Une mèche grise part du sommet de mon crâne pour retomber en boucle triste sur le côté gauche de mon visage. Des yeux, perçants et brillants, allumés et inquiets, me fixent. Ils sont d'un noir si profond que je n'en distingue pas la pupille. La peau est pâle, presque verte. Les narines étrangement closes, à peine ourlées d'une ombre. La bouche sèche et gercée retient mon attention. Je viens pourtant de mouiller la mienne. Le miroir me trompe ou l'autre n'est pas morte. Ça recommence comme chaque fois. J'essaye de me toucher le visage mais ce n'est pas moi qui fais le geste et ce n'est pas ma peau que l'on caresse. Je ne sens plus rien ? Je ne suis ni ici, ni ailleurs. Je me suis perdue quelque part.

24

Elle ne mérite pas de vivre, mais comment la tuer ? J'ai bien essayé quand Adrien m'a quittée. Je me suis peu à peu abandonnée. Elle en mourrait sûrement tant elle est habituée à se conserver parfaite dans un corps qui ne la trahit plus.

À force de privations, de retenue et de contrôle, j'avais jusqu'alors réussi à conserver un physique qu'Adrien trouvait désirable. J'étais mince et longue, mes fesses étaient rebondies, fermes, et ma taille, plus fine qu'à l'accoutumée, les mettait admirablement en valeur.

En six mois l'autre fut bâillonnée. J'assistais calmement à la transformation de mon corps. Ma nature ou la sienne, je m'y perdais, revenait à grands pas. L'outre pleine qui me servait de ventre quand j'étais enfant réapparaissait insidieusement, la peau se distendait de semaine en semaine, mon nez s'empourprait et mes joues se remplissaient.

Mes fesses s'élargissaient et, quand je m'asseyais, je sentais de chaque côté de ma taille deux renforts qui finiraient sûrement par me servir d'accoudoirs. Il n'y avait qu'une chose qui m'enchantait vraiment, c'était ces deux seins lourds qui me poussaient enfin. Je pensais à maman qui les avait surveillés de près pendant toute mon adolescence. Elle priait tous les saints pour qu'ils ne deviennent jamais aussi volumineux que les siens.

– C'est douloureux, disait-elle pour me décourager, et ça t'empêchera de te mouvoir librement, toi qui aimes tant danser.

Maman avait tort. Ils m'empêchaient uniquement de voir mes pieds. Et ce n'était pas un mal car je ne les aimais pas.

Mes bras s'arrondissaient à nouveau et sous les aisselles apparaissaient de petits capitons qui répondent au joli nom de cellulite, petites cellules conspuées dans tous les magazines à vous décourager d'être une femme. C'était la première fois que je grossissais bien. Du moins c'est ainsi que je le ressentais. Ma taille restait marquée juste assez pour faire illusion. Mon corps semblait plus généreux. Il m'arrivait de me caresser. Je me passais des huiles parfumées sur la peau, j'aimais sentir la chair dans la paume de ma main. Plus aucun os ne saillait. Même mes iliaques, longtemps proéminents, et mes salières avaient fini par disparaître sous une couche de graisse. Je n'étais plus qu'une forme douce et rebondie à mille lieues des physiques de garçonnet qu'affectionnait Adrien, et je me sentais bien dans ce nouvel habit, à la lisière entre jouissance et dégoût. Le résultat quant à la mort de l'autre n'était pas celui que j'avais espéré. J'avais pensé haïr l'image que me renverrait le miroir jusqu'à tout mettre en œuvre pour la faire disparaître, mais elle me plaisait davantage. J'avais le sentiment de me rapprocher de moi-même. De voir devant moi ce que j'avais longtemps désiré. « C'est aussi une façon de gagner, me disais-je, si je m'aime aujourd'hui, c'est que le monstre du miroir est mort. Il ne tient qu'à moi de ne pas le faire revenir. » Alors pendant des jours, des semaines et des mois, je me soignai la peau, les cheveux et le ventre, inventant des recettes de cuisine très gourmandes, comme cette tourte aux pommes de terre rissolées et au reblochon fermier servie avec une crème d'oignons rouges, buvant tous les nectars dont je m'étais privée si longtemps, honorant quelquefois deux dîners dans la même soirée. Je m'arrangeais pour que mon embonpoint ne se voie qu'à la faveur indiscrète d'un décolleté un peu plus prononcé, gardant mes cuisses et mes bras enfermés dans de grandes largeurs de tissu aux gammes sombres. J'aimais sentir mon corps bouger sous l'étoffe. Je prenais alors conscience de la sensualité de mon enveloppe. On me trouvait rayonnante, en pleine forme. Je n'avais plus de cernes, mes quelques rides s'étaient elles aussi évanouies. J'étais ainsi prête à affronter tout ce que la vie allait m'offrir de nouveau.

Il a suffi qu'Adrien m'appelle une fois. Une seule petite fois, rentrant de voyage, prétextant un oubli, une erreur ou que sais-je encore, pour que mon bel appétit se bloque, pour que je me sente à nouveau laide et ridicule et que j'entreprenne, poussée par une crise d'hérésie soudaine, un régime suicidaire, avec médicaments et sport à l'appui. Il avait réveillé en moi la bête cruelle qui jusqu'au bout lui avait donné une idée de l'ivresse. Il avait réveillé l'autre. Était-ce elle qu'il avait aimée ? Si j'en avais eu la force, je l'aurais amené à m'accepter ainsi. Une nouvelle femme à convoiter, une femme neuve comme aimait à dire le fleuriste guadeloupéen du marché Saint-Pierre. Il avait largué la première, à l'opposé de celle que j'étais devenue. Un objet sans pareil, encore plus facile à maîtriser car à ce stade d'inactivité sexuelle, j'étais prête à toutes les expériences, tous les partages, toutes les souffrances, pourvu qu'il me reprît.

Quand Alexandre partait à l'école, abandonnant mes travaux en cours, je passais des heures à me préparer, essayant fards, tenues et coiffures, me tenant prête à séduire à la première apparition. En réalité, j'aurais pu séduire un camion. J'ignorais sciemment les regards appuyés des facteurs, coursiers et autres livreurs qui sonnaient quotidiennement à ma porte. Il existait deux désirs clairs et distincts. L'un dans ma tête qui s'appelait Adrien et l'autre plus bas, dans mon ventre. Mais je me gardais bien d'écouter ce dernier. J'avais quelques amis qui, s'inquiétant pour moi, me visitaient tour à tour. Je ne rendais plus mes travaux, les recherches entamées n'avançaient pas d'un pouce, alors régulièrement il y avait François, Sylvain et Paul qui passaient l'un après l'autre évaluer les dégâts.

Au bout d'un certain temps, leurs discours changèrent. Ils devinrent plus langoureux, caressants, pleins d'insinuations. Ils restaient plus longtemps, ne parlaient plus du travail. Ils s'asseyaient par terre, apportaient à dîner, du vin, et plus le soir avançait, plus ils devenaient tendres. Quand on se quittait, c'était comme s'ils avaient attendu cet instant pour me prendre dans leurs bras, me serrer très fort d'abord, chercher ma bouche ensuite.

Je ne la leur donnais pas. Mais ils ne partaient pas déçus car pendant toute une soirée, je leur avais offert la vision triomphante de ma féminité.

Je me rappelle ces moments comme des plages de bonheur calme et cossu. J'étais la perfection faite mère. Alexandre était choyé, j'étais toujours présente, aimante et conciliante. J'étais devenue vache laitière, poule et cane à la fois. Alexandre était mon poussin unique.

J'attendais Adrien tout en pensant à John, qui m'avait aimée ronde.

Il était danseur, John. J'avais dix-neuf ans. En tournée à travers l'Europe avec sa compagnie, je l'avais vu sur scène, j'en étais restée subjuguée. Il semblait impensable qu'un être d'apparence si lourde et si dénuée de grâce réussisse à s'envoler si haut à chaque entrechat.

Je m'étais approchée de lui à la faveur d'un cocktail

qui couronnait la dernière représentation bruxelloise, que j'avais infiltrée, et je l'avais entrepris, décidant pour une fois de faire le premier pas. J'étais pressée. Il était américain et repartait avec la troupe deux jours plus tard. À cette époque j'avais de très menaçantes rondeurs mais pas de taille et peu de seins. Des cuisses et des fesses affermies par la pratique du vélo et un sourire d'ingénue. J'aimais sortir et je pouvais passer des heures à danser, le corps tout entier collé aux baffles d'où sortait la musique. Je plus à John. Alors il décida de me suivre dans la nuit bruxelloise. Il était de taille moyenne, chauve et binoclard, mais tout entier construit de muscles. Il bougeait bizarrement, n'avait aucun rythme. C'en était déroutant. Il me raconta qu'il n'avait commencé à danser qu'à l'âge de dix-neuf ans. C'est sans doute pour cela qu'il ressemblait plutôt à un brave professeur égaré loin de sa faculté de philo. Nous avons peu parlé, beaucoup dansé et surtout flirté comme si cela eût pu empêcher le lendemain d'arriver. La nuit fut blanche et courte. Au petit matin, il regarda mon ventre et murmura dans un souffle :

– J'aimerais tant que tu me fasses un enfant !

Je n'en croyais pas mes oreilles. Je bafouillais, lui demandant de répéter. Puis je me suis entendue lui dire :

– Si tu veux, je viens à New York avec toi ! Je suis prête à tout lâcher ici pour te suivre.

Folle. J'étais totalement folle mais tellement sûre de

moi. Cela ne faisait aucun doute. L'homme qui me demanderait de lui faire un enfant ne se représenterait pas. Il fallait me lancer. John ne répondit pas. Il me dit tout simplement que la troupe passait par Paris où se donneraient trois spectacles et qu'après seulement il rentrerait chez lui.

Nous nous sommes quittés, déchirant un peu le joli nuage tout neuf qui s'était formé au-dessus de nos têtes. Je suis rentrée à la maison, j'ai vidé les armoires, préparé les valises, puis finalement décidé de ne rien emporter, juste le nécessaire.

Je pris le train seule car il était déjà reparti avec la troupe et cela lui semblait trop précoce pour s'afficher avec moi. Arrivée à Paris, il me fallut réserver un hôtel, pas trop loin du sien. Il partageait sa chambre avec un autre danseur. C'était quarante-huit heures après notre premier baiser, il était toujours prêt à m'embrasser et à me culbuter mais il ne parlait plus de me faire un enfant. New York était loin, je découvris que quelqu'un l'y attendait. Il avait juste voulu s'amuser un peu et ne s'était pas attendu à tant de naïveté.

Je restai seule à Paris, morne et déconvenue, sevrée trop tôt du bel Américain qui m'avait aimée ronde.

Mais Adrien avait rappelé, comme chaque fois que l'on se séparait. Il laissait passer du temps puis réapparaissait, d'abord au téléphone, avouant qu'il ne supportait pas de ne plus entendre ma voix, mais qu'il ne voulait pas, surtout pas, que l'on se voie. Il ne m'avait pas caché qu'il avait peur de moi. C'est idiot, j'aurais pu en profiter, prendre le dessus. Rien, j'étais restée inerte alors qu'il me disait :

– Vous me faites peur tellement il est clair que vous avez besoin de moi. Je n'ai pas les moyens de répondre à votre attente. Le monde est trop plein de parfums inconnus, je veux les respirer tous et les femmes qui passent, qu'elles soient belles ou laides, elles me tentent, m'ensorcellent. Vous me croyez malade, mais c'est une maladie que j'ai voulue ainsi. Vous ne me changerez pas, vous ne m'atteindrez pas. J'ai déjà eu bien assez mal pour être encore capable de souffrir.

Je savais que je le reverrais. Il n'avait pas encore assez goûté mes lèvres et c'était si facile. Il n'avait qu'à prendre ce qui lui était offert. Il passait sur ma vie, laissant une empreinte douloureuse, et repartait sans jamais s'être laissé incommoder par mon insatisfaction ou s'être compromis dans ma frustration. Je savais aussi que j'allais retrouver cette physionomie qui ramènerait l'ennemie, l'autre, à la vie.

25

– Vous êtes sûr qu'elle va mieux ? Je n'ai rien pu en tirer !

Les propos de maître Gaillet résonnent derrière la porte de ma chambre. J'ai reçu la visite d'un avocat. Mon avocat, paraît-il. Ce matin, on a pris grand soin de moi. Après une longue toilette, l'infirmière a entrepris de me coiffer. Elle utilisait un peigne fin. Ça me faisait mal comme quand maman me démêlait les cheveux avant de les tresser. Je m'asseyais à ses pieds et elle tirait inlassablement, ignorant mes cris et mes protestations. Chaussée de pantoufles molles et vêtue d'un peignoir difforme en coton passé, on m'a dit de m'asseoir et d'attendre.

– Maître Gaillet, l'avocat qui vous a été commis, va bientôt arriver.

Pourquoi m'envoient-ils un avocat, Alexandre ? Je t'en prie, viens me voir, ne m'abandonne pas maintenant…

Mais Alexandre ne viendra pas. Malgré tous mes

efforts, il ne reparaît pas depuis que j'ai tenté de le convaincre qu'Adrien ne l'aimait pas.

Alors l'avocat est entré.

– Comment allez-vous aujourd'hui, madame ?

Il est court sur pattes et affiche un sourire d'une affabilité disproportionnée.

– Racontez-moi ce qui s'est passé, dit-il en se hissant sur le lit, tout à côté de moi.

Pourquoi prend-il place sans que je l'y invite ? Il est si près qu'il effleure ma jambe. Je sens sur ma joue gauche son haleine de café. Je n'aime pas le café. De dégoût, je tourne la tête et je vois Alexandre appuyé contre le dossier du lit. Les jambes légèrement ouvertes, il porte un pyjama rayé bleu. Il est pieds nus. J'ai sûrement oublié de lui couper les ongles. Il fait mine de ne pas me voir. Il lit une bande dessinée et en feuillette bruyamment les pages. Trop vite pour lire vraiment, comme quand il est irrité.

– Il faut que vous parliez ! Si vous voulez que je vous aide à sortir d'ici, il va falloir tout me raconter, dans les moindres détails.

– Regardez ! Mon fils... Il est là ! Vous voyez bien qu'il est là !

C'est un cri rauque qui sort du fond de ma gorge. Une voix que je ne reconnais pas. Je pointe le doigt dans la direction d'Alexandre, qui lève les yeux et sourit.

– Tu vas leur dire ?

Il me prend pour une folle. Mais ce sont eux les fous. Ce sont eux qu'on a enfermés. Ce ballet de blouses blanches réglé comme la relève de la garde. Ils s'emmerdent. Mais eux, c'est pour la vie. Moi, je me repose, je réfléchis. Je me souviens. Je pense à notre vie à deux, Alexandre. Personne n'en viendra déformer le cocon. Nous sommes indissociables, à la vie, à la mort, comme on dit !

Tu me fixes, impatient et cynique, puis tu disparais.

L'avocat s'est levé et arpente la chambre de long en large, lancé dans un monologue indigeste que je n'entends pas. Qu'il se taise !

– Je ne sais pas de quoi vous voulez me parler… Je ne comprends rien… Pourquoi suis-je enfermée ? Pourquoi Alexandre s'en va-t-il si vite ? Je n'ai pas besoin de vous… On va bientôt venir me chercher… Je sortirai d'ici… Une affaire de quelques jours… Allez-vous-en ! Laissez-moi !.. Je veux dormir…

Je me lève, à nouveau attirée par le faisceau de lumière. Ses rayons m'appellent hors de la cellule. Il y a quelque chose à réparer dehors qui me fait tant frémir. Il faudrait sortir. Chevaucher le soleil.

– Je regrette, madame, mais tant que vous ne parlerez pas, tant que vous ne raconterez pas tout, je ne pourrai rien pour vous…

26

« Je bois dans ton calice, mon amour. Je goûte au décor de tout ce que tu laisses autour de moi. Je connais tes souffrances, c'est tellement dur d'être un homme. L'animal suit sa route sans jamais s'éloigner de ce qui fait sa force, alors que l'homme est rendu vulnérable par son humanité dans cet immense désert où ne poussent que les ronces de la complexité. Qui a eu l'idée de le dégénérer ? »

Quand j'ai eu douze ans, ma grand-mère m'a offert un gros agenda. Il était périmé depuis quatre ans mais renfermait de grandes pages blanches lignées, à raison d'une par jour. Je décidai d'y confier tout ce que ma bonne éducation m'empêchait de raconter à qui que ce soit. Pendant huit ans, sans défaillir, j'ai couché des lignes et des lignes de faits et de gestes, de pensées et de secrets sans jamais craindre qu'on les découvre. Il y a quelques semaines, j'ai retrouvé ce journal, jauni et abîmé mais encore lisible.

« Je bois dans ton calice… » sont les dernières lignes que j'y ai écrites. C'était il y a plus de vingt ans. Je ne sais même plus à qui elles s'adressaient. J'ai été horrifiée par tout ce que j'y ai lu. On m'avait jetée, piétinée, bafouée mille fois, et je tenais une comptabilité scrupuleuse de toutes ces souffrances. Il y avait une distance choquante dans cet étalage de la honte, une étrange objectivité, comme si j'y avais raconté l'histoire d'une autre. J'étais la spectatrice distante de ma propre existence. Je revivais cette adolescence hideuse en me demandant comment j'avais survécu à si peu de respect et à tant de dégoût.

Je crois me souvenir que maman en pleurait, devinant par nature ce que je m'infligeais. Pourtant, c'était bien elle qui m'avait enseigné que nous ne sommes rien et qu'il faut se plier à sa destinée. Elle avait parcouru un long, très long chemin depuis le petit port d'où était parti le bateau qui l'avait amenée sur le continent. On l'avait élevée à n'être rien de particulier. Alors, quand elle avait rencontré l'homme qui la désirait, elle ne s'était posé aucune question, elle l'avait épousé aussitôt car elle était enceinte. Mais elle ne l'aimait pas et ne l'aima jamais. Elle se mit au service de celui qui la nourrissait. C'était bien d'un bateau qu'elle était descendue. Elle n'avait pas de terre où retourner.

Maman m'a lestée de toutes ces qualités qui font d'une femme une épouse idéale en me faisant jurer de ne jamais me marier.

27

Encore une nuit sans illusions. Une nuit sans sommeil. Même si les calmants finiront bien par avoir raison de moi, ce ne sera pas la nuit que j'espère. J'attends quelque chose qui ne vient pas. Qui se refuse obstinément à moi. C'est obscur, ça n'a pas de nom, comme ces moments où Adrien se mettait à jouer avec moi comme un enfant redécouvre un jouet longtemps oublié et dont il s'empare heureux pour le rejeter ensuite. Quand, dans un sursaut de bon sens, je décidais de n'être pour lui qu'une amie sympathique et compatissante, il entamait une approche séductrice. Il m'appelait sans cesse, déployant des trésors d'ingéniosité pour m'attirer à lui. Je répondais toujours, incapable de résister, et c'est à ce moment précis qu'il relâchait la corde du yoyo. M'ignorant tout à coup, m'assimilant tout naturellement au parterre de femmes qui s'offraient à lui. Je soupçonnais à peine ce qu'il devait souffrir mais j'étais convaincue d'être celle qui devait payer pour les autres. J'étais locataire de ma vie mais le loyer était excessif.

Cette espérance inepte et consciente, cette attirance irréversible pour tout ce qui me nuit, c'est de cela qu'est faite mon attente aujourd'hui.

Mais je sais que le faisceau m'enlèvera, me révèlera au monde, m'emportera loin, jusqu'en Argentine, chevaucher dans les plaines ma monture de jais, m'abandonner dans les bras de danseurs érotiques, lovée dans des tangos violents et amoureux, traverser les fuseaux, me perdre en Terre de Feu. Je sais que c'est de ce faisceau que je naîtrai à ma première vie, celle que je n'ai jamais vécue.

L'Argentine est un rêve. Tout semble me fuir, même les idées. Même l'air que je respire. Mes narines sont closes et font siffler le silence. J'ai envie de cracher tout ce que j'avale, la saveur et le goût ne répondent pas à mon attente. Ce que je vis ne m'était pas destiné.

Un jour, Adrien est parti en Argentine. Sans moi. Les premières années, nous nous étions promenés comme deux animaux de compagnie d'un continent à l'autre, profitant sans vergogne d'un système généreux prêt à accueillir le conférencier de talent qu'était Adrien et celle qu'il faisait passer pour son irremplaçable assistante. D'Asie en Amérique, nous avions été reçus comme des pachas et, malgré son horreur du luxe et des distinctions, il appréciait la beauté. Arriva le jour où, toutes les destinations exotiques épuisées, nous n'eûmes plus le choix qu'entre des colloques allemands ou polonais. Voir Dresde une fois nous avait suffi, quant à Gdansk, qui m'avait émue à cause d'un marin à la démarche nonchalante que j'y avais suivi plus d'une heure le long des quais, me transportant ainsi dans *Querelle de Brest* de Genet, ces destinations n'avaient pour moi pas plus d'intérêt que la traversée de l'ancienne Karl-Marx-Stadt rebaptisée Chemnitz et son mausolée en restauration.

Je ne parle ni allemand ni polonais et j'avais le sentiment réfrigérant de m'éloigner de mes racines. Puis Adrien eut le privilège d'être invité à Buenos Aires par le président Menem pour y exposer ses travaux. Jusqu'à la dernière minute, j'avais cru qu'il m'emmènerait, mais il était parti, avec une bonne humeur suspecte, vivre loin de moi quinze jours d'immensité. L'affront de ce premier voyage auquel il ne m'avait finalement pas conviée se répéta. J'appris bien plus tard qu'une jeune assistante d'origine argentine l'avait accompagné, le devançant d'un jour, par souci de discrétion. Une jeune femme belle et généreuse, un peu molle, pourvue d'une épaisse chevelure qui lui tombait au creux des reins. Une femme-fleur, légère et souriante, heureuse d'être sur terre, sans peur et sans reproche. Tout ce que je n'étais pas. Cela faisait longtemps qu'Adrien la voyait. Il était attiré par elle comme une abeille par le suc qu'offre un lis vierge à la moiteur de l'aube.

Il me restait l'espoir de le voir revenir après que la fleur serait fanée, devenue amère, attiré par ce qu'il n'avait peut-être pas encore saisi de moi. À ces moments, je bénissais le miroir. Si nous étions deux, il n'y avait qu'une moitié de nous qui souffrait. L'autre reprendrait le dessus et c'est ce qui me sauverait. Et cela arrivait. Inlassablement, Adrien me quittait et me revenait sans jamais craindre de refus. Avec un sourire étonné, à peinc soucieux de m'avoir blessée. Alors la solitude, cruelle et radicale, m'explosait au visage, pour retomber en lambeaux derrière un écran de larmes.

28

À force d'être chassé de mes pensées et de mon cœur par un Adrien trop envahissant, Alexandre était tombé malade. Il ne se passait plus une journée sans qu'il se plaignît de vertiges et de douleurs diverses. Au début, je ne voulais pas le croire. J'étais gênée, quand on m'appelait de son école en pleine journée, pour me demander de venir le chercher car il s'était évanoui ou avait vomi pendant la récréation, d'autant que personne ne le voyait véritablement souffrir de ces maux étranges. Les souillures étaient nettoyées avant le retour de la maîtresse et il revenait à lui juste à temps pour rentrer en classe.

Alexandre, tu as toujours été intelligent et un peu manipulateur. Tu les embobinais toutes, ces maîtresses craintives, trop heureuses de se débarrasser d'un élément qui rayonnait d'une autorité naturelle mais réclamait une trop grande attention.

À force de ne pas réussir à me convaincre, tu t'es donné en spectacle devant mes yeux, un soir où j'avais prévu de rejoindre Adrien, te laissant une fois de plus aux soins de la baby-sitter. J'étais maquillée, parfumée, je sentais déjà l'amour. J'allais franchir la porte quand l'Américaine poussa un cri. Je me précipitai dans ta chambre et découvris ton corps blême et inerte au pied du lit.

Quelques minutes plus tard, nous étions aux urgences. Tu t'es réveillé en me souriant et je savais déjà que tu sortirais indemne des scanners et autres électro-encéphalogrammes que l'on te ferait subir. Le problème n'était pas là. Tu avais voulu disparaître, t'évanouir définitivement, pour que le vide me fasse prendre conscience de ta place à mes côtés.

En attendant, tu m'avais récupérée et c'est ce qui comptait le plus.

Quand le médecin réalisa que tu n'avais rien, nous fûmes gentiment congédiés avec le conseil appuyé d'entamer sans plus tarder une double psychothérapie. J'avais préféré te soigner aux câlins de peur d'avoir à participer au grand déballage des névroses familiales. Ta nounou de l'époque t'en couvrait aussi volontiers.

Je vécus pendant un temps dans l'illusion de distribuer les rôles et d'appartenir simultanément aux deux hommes de ma vie.

29

Sous les tropiques, un soir de juillet, je galopais au côté d'un lointain cousin dont je m'étais amourachée. Cela faisait quatre jours que j'avais pris la clé des champs, laissant croire à ma tante que j'avais rejoint mes cousines dans un camp de vacances.

Ange avait depuis longtemps compris qu'il ne répondait en rien aux aspirations familiales et brûlait sa jeune vie dans des commerces obscurs. Un passage remarqué dans une prison française l'avait définitivement mis au ban de la société. Et c'est sur lui précisément que j'avais jeté mon dévolu en ce début d'été, l'année de mes dix-huit ans. Il nous avait fallu peu de temps pour nous reconnaître et décider de partager les innombrables plaisirs qu'offrait l'île à notre insouciance. Il aimait les choses simples. Se baigner au crépuscule, se rouler dans le sable et se frotter ensuite pour mettre la peau à vif, boire le coco à 5 heures du matin, l'odeur des chevaux et le rhum qui brûle le gosier en coulant lentement vers l'estomac vide.

Il était beau comme un prince de conte de fées, s'il en eût existé d'aussi noir. Il se coiffait à la manière des rastas et à longueur de journée roulait dans ses doigts ses longs cheveux frisés enduits d'une substance bizarre qui sentait l'huile rance. Il était excessif en tout et cela avait suffi à me rendre béate comme une dévote devant la croix.

Quand il m'embrassait, il remplissait ma bouche d'une nourriture céleste qui remplaçait toute alimentation.

Nous avions élu domicile dans une cabane en bois, vestige abandonné de l'époque coloniale, qu'il avait coutume de squatter quand il séjournait près de Sainte-Anne.

Au quatrième jour de notre aventure, j'étais sûre qu'il m'aimait et que cela durerait toujours. Un jeudi, après avoir fait l'amour et déjeuné d'un joint d'herbe jamaïcaine, nous étions descendus sur la longue plage de Sainte-Anne délasser nos ivresses et fatiguer nos montures.

Soudain, derrière mes lunettes noires, je sentis mon œil droit me chatouiller. Je ralentis l'allure, grattai ma paupière, espérant extraire de l'œil une quelconque poussière, mais tout mon corps m'irritait. Les cheveux, les aisselles, l'entrejambe… Le temps qu'Ange réalise que je ne le suivais plus, revienne vers moi, mes yeux avaient doublé de volume et je n'avais pas assez de mes deux mains pour soulager l'urticaire. Folle de douleur, je hurlai :

– Qu'est-ce qui est arrivé à mes yeux ?

Devant son air horrifié, je compris que ma tête avait changé. Il dit seulement :

– Tu as l'air d'une vieille ! Tu gonfles à vue d'œil !

J'essayai de ne pas céder à la panique mais mon corps entier n'était plus qu'une irritation. Je me blessais la peau sans pouvoir contrôler mes gestes. Ange, immobile sur son cheval, ahuri, ne disait plus rien. Puis, d'un mouvement brusque, il talonna le flanc de sa monture et partit au galop, aussitôt suivi par le mien. J'avais quitté mes étriers. Je fus éjectée sur le sable en une fraction de seconde.

Sur la plage, je tentai de me lever. De me hisser vers la route et de trouver du secours. Mais une bête gonflait dans mon cou. Ma salive était devenue un caillou qui ne passait plus le seuil de ma gorge. Devant mes yeux que je gardais fixes, un rideau épais se fermait peu à peu. Il me semblait entendre résonner ma voix qui suppliait :

– Ange, viens me chercher, je suis en train de partir, je ne veux pas. Pas maintenant.

Le rideau se fermait de plus en plus vite jusqu'à ne laisser passer qu'un dernier rayon de lumière, puis plus rien.

L'image suivante fut celle de mon corps étendu sur le sable, deux personnes penchées au-dessus. Je les voyais me secouer doucement, me tapoter le visage. L'une d'elles souleva mes jambes. L'autre sortit une seringue et deux petites ampoules d'une mallette. On me fit un garrot. Je ne sentais rien mais voyais tout, comme si j'avais quitté mon enveloppe.

– Elle n'a plus de pouls ! fit une des voix. Il va falloir l'hospitaliser.

Le liquide faisait son chemin dans ma veine. Je réintégrais mon corps. Je les voyais de face à présent, l'un était pompier et l'autre médecin sans doute. Je repris véritablement conscience un peu plus tard, dans l'ambulance. Un masque de ventoline sur le visage me procurait une douce sensation de fraîcheur. Mes poumons se libéraient à toute allure. Mon corps avait cessé d'être une plaie ouverte. J'avais été victime d'un œdème de Quincke.

Quelques heures plus tard, c'est à pied que je quittai le dispensaire, après avoir signé une décharge et refusé que l'on prévienne quiconque. Je voulais rejoindre Ange, persuadée qu'il m'avait envoyé des secours, honteuse de l'avoir imaginé lâche, prête à lui témoigner toute ma reconnaissance. Mais je ne trouvai qu'un sac contenant mes effets, abandonné sur la véranda. La maison était vide, mon rasta avait disparu, sans laisser de mot.

J'appris par la suite que je devais mon salut à une touriste canadienne qui, m'ayant trouvée inanimée au bord de la route, avait appelé les pompiers.

Ange ne donna plus jamais aucun signe de vie et ce n'est que des années plus tard, lors d'un passage fortuit sur les bords du canal de la capitale, alors qu'un mendiant m'abordait, dépenaillé, sale et édenté, que je le reconnus sous ses locks grises. Quelque chose d'infiniment ténu restait de ce regard brûlant qui m'avait fait tourner la tête. Il me reconnut aussi, j'en suis sûre, car ses yeux retrouvèrent une expression familière et il se mit à pleurer en psalmodiant :

– Dieu te garde, Dieu te garde !

30

J'ai fermé les yeux pendant qu'il me parlait.

– Non, je n'éprouve rien pour vous. Pas d'amour en tout cas. J'en suis incapable.

Mon visage était mouillé, mes cheveux défaits. Il continuait :

– J'ai rempli ma part du contrat. Je ne vous ai jamais menti. Tout ce que vous avez pu croire n'était que le fruit de votre imagination.

J'ai cherché ses lèvres. Il a fini par s'abandonner un court instant. Il aimait ma bouche. C'était facile d'y sombrer. Il avait devant lui la seule femme qui aurait tout accepté de lui et il la quittait.

Il fit un pas en arrière.

– Alors, c'est fini ? ai-je demandé. Et si je ne vous croyais pas ? Ce ne sont que des mots. Vulgaires. Ce n'est pas à moi qu'ils s'adressent. Ce n'est pas moi que vous quittez. C'est l'amour d'où qu'il vienne.

J'ai fermé les yeux un instant, espérant qu'il disparaisse avec tous nos souvenirs.

– Je ne vous ai jamais menti ! a-t-il crié.

Il se tenait devant moi. Si proche, presque emmêlé à ma robe fuchsia. Il tombait une pluie chaude que nous feignions d'ignorer. Il piaffait d'impatience de me voir partir enfin. Ne plus me revoir. Il posa sa joue contre la mienne. Trouva ma bouche une fois encore puis fit semblant de s'arracher à moi contre son gré. C'était un soir au milieu du printemps. Nous sortions d'une mondanité très arrosée où il m'avait une fois de plus ignorée jusqu'à ce que je m'asseye d'autorité à ses côtés, posant ma main dans la sienne avec un naturel qui se voulait désarmant. Il s'était alors mis à parler seul. S'accusant de tout vouloir connaître mais de ne rien pouvoir aimer. J'avais tenté de le consoler en allant jusqu'à lui promettre de ne jamais peser sur son existence, alors que je me sentais si lourde, exigeante et exclusive. Il ne se laisserait jamais faire. Quand je posai ma tête sur l'épaule familière, il ne bougea pas. Juste un tressaillement imperceptible qui trahit plus de gêne que d'émotion. J'insistai. Il y avait du monde autour de nous. Il se leva d'un bond, me faisant presque basculer à terre. Je le suivis dans l'escalier qui menait à la sortie. Il se fit plus doux et me prit par la main. Il ne me détestait plus maintenant qu'il savait que nous étions arrivés à la fin de l'histoire. Il ne ressentait qu'une vague tendresse et beaucoup de pitié. Devant la porte attendaient une voiture et son chauffeur. C'était à Cannes, un soir de mai.

J'allais en mourir.

Comme à chaque fois.

31

Sur l'écran de mes nuits sans sommeil, Adrien apparaît sans cesse. Il y a remplacé Alexandre comme il l'a fait dans ma vie. Il me tend la main mais, dès que je veux m'en saisir, il referme le poing et ramène à lui son bras tendu. Il ne veut pas recommencer. Jamais. Comme une mouche à laquelle un enfant ôte une aile, la regarde s'éloigner épouvantée et la rattrape d'un geste sec dès que la distance se creuse. Il a réhabilité une forme d'esclavage qui finit par devenir plus qu'un fantasme, une raison de vivre et de mourir.

Je me reconnais dans le rôle qui fut celui de mes ancêtres. Malgré une peau blanchie au fil des générations, il m'est toujours resté assez de marron pour me conformer au rituel de l'assujettissement d'un être par un autre. L'homme blanc et la femme noire, ce vieux refrain qui resurgit des profondeurs avec son cortège de larmes et de sourde révolte et qui, lorsqu'il est chanté, résonne d'une tonalité si familière, si proche. Ce vieux refrain que j'entonne à l'encontre de mon corps maquillé de libertinage. Et qui n'est rien d'autre qu'une blessure jamais cicatrisée. Ce refrain me confine, affaiblie, alors qu'Adrien y retrouve le fouet, la chaîne et le fer d'un rêve colonisateur inavoué. Et de frapper, de caresser, de me sortir la tête de l'eau juste pour en vérifier l'expression.

L'ultime fin de notre histoire, je l'aurais voulue violente et définitive. J'aurais voulu qu'il incarne le bourreau jusque dans son apparence. Qu'il devienne laid, que ses traits se déforment sous la méchanceté. Mais à aucun moment il n'a cessé d'être beau. Et dans les méandres de sa perversité, il est resté hésitant. Ne mettant jamais de point final. Il me laissait encore espérer. Plus je versais de larmes, plus l'espoir de m'être trompée, d'avoir mal entendu, grandissait en moi. D'avoir laissé dans le brouillard de la tension un petit bout de phrase, un mot, qui dans une de ses traductions aurait pu vouloir dire : « Je reviendrai sans doute. » Mais aujourd'hui, je suis sèche. Devant moi, sur le mur, des images dont je ne sais même plus si elles ont existé… Dans ma gorge, l'amertume de ne pas même m'approcher de la vérité. Aujourd'hui je sens que je me perds. Je suis vraiment en train de devenir folle. Et dans ma tête, l'inutile question de mon identité.

Ai-je été aimée ?

Où est Alexandre ?

Suis-je passée si loin du bonheur ?

32

– Maman ?

Ta voix me rappelle à la réalité. Il fait clair dans la chambre. J'ai dû m'endormir. Tu es tout près de moi.

– Ne sois pas triste, je sais que tu as essayé et échoué malgré tout.

Il y a une pointe d'ennui dans ta voix. Comme si cette phrase que tu prononçais, tu l'avais entendue mille fois.

– Mais, je t'en conjure, arrête de tout me raconter. Je ne veux plus être ton unique confident. T'entendre pleurer, te disputer, gémir, te plaindre. Je ne veux pas non plus te voir faire semblant de cacher tes larmes alors que tu les exposes. Je ne veux pas savoir quand tu vas bien et quand tu es mal, quand on a de l'argent et quand on n'en a pas… Et surtout, quand Adrien t'a mise en quarantaine… Je ne l'aime pas, il te fait trop pleurer. Je ne suis pas dans ta tête. C'est à toi de chercher le chemin de la mienne. Je te comprends toujours, maman, mais c'est toi qui dois me comprendre maintenant. Je suis ton homme épisodiquement, et puis tu me lâches sans crier gare. Je suis ton cavalier d'un soir, que tu es fière de présenter comme ton jeune frère, mais tu me congédies au lit sous prétexte que les enfants ont besoin de sommeil pour grandir. Grandir ! Le joli mot. Une illusion, tu ne veux pas que je grandisse. Tu me plonges dans le monde des adultes pour ensuite me forcer à réintégrer l'infantilisme ânonnant de la classe. Trouve-toi un interlocuteur de ton âge, moi je ne serai pas toujours là. D'ailleurs, je préférerais mourir là, tout de suite.

À ces mots, tu disparais du lit. Je te cherche du regard, affolée. Mes yeux se lèvent et tombent en arrêt devant ta petite silhouette accrochée par le cou à une corde qui pend à vingt centimètres du plafond. Les secondes passent, longues, infinies, sans que j'ose crier. Un grand fracas soudain libère ma fixité. Tu es tombé, il n'y a plus de corde. Tu te relèves en riant. Un rire cruel.

– Attends, Alexandre !

Quel est ce jeu obscène auquel tu te livres devant moi ? J'apprends seulement à lire dans ton esprit-labyrinthe. Est-ce le chemin vers la sortie ?

– Tu n'en es pas loin, maman. Mais tu n'as pas fini de te délester. Pour pouvoir partir, il faut être léger…

33

Adrien, comme tu es beau, comme tu es con ! Je te déteste. Tu es le seul homme que j'aie jamais aimé.

Il porte des pantalons de velours côtelé. Il en possède de toutes les couleurs de l'automne et de toutes les largeurs de côtes. Toujours un peu longs à l'arrière, un centimètre qui touche le sol par tous les temps. De coupe américaine, celle qui est restée inchangée depuis sa création, ils lui prennent l'aine à la hauteur de la cicatrice péritonéale qui lui sert de repère lorsqu'il croit avoir grossi et ils révèlent juste ce qu'il faut de ses fesses encore haut perchées. Elles sont sa fierté d'ancien athlète. Il les promène volontiers nues devant moi, qui, à l'opposé, n'ai jamais assez d'étoffe pour recouvrir mon corps après l'amour.

Les verts, les taupes, les gris ciel de pluie, les bordeaux feuillage d'érable et les liquidambars révèlent chez lui ce mélange travaillé de professeur d'histoire et de gentleman-farmer. Mais il n'a ni chaire ni château, à son grand dam, et il lui manque ce petit supplément d'aisance qui se transmet d'une génération à l'autre.

Un soir, quelques semaines après Cannes, à force de suppliques dégradantes, il est revenu chez moi. Il y avait eu entre nous une joute interminable dans la voiture à l'arrêt devant la maison. Il hurlait qu'il ne voulait pas revenir, qu'il savait qui j'étais, qu'on se ressemblait trop. Puis soudain, il s'est tu.

Brusquement, le silence est tombé, fracassant. Il m'a regardée longuement. Une lueur de frayeur est passée dans ses yeux puis il a fixé le pare-brise et d'une petite voix inquiète a demandé :

– Qu'avez-vous de plus que les autres femmes ?

– Pourquoi me demandez-vous ça ?

– Qu'avez-vous de plus ? Un pouvoir étrange… C'est à peine croyable.

Je me suis retenue de ne pas éclater de rire. Cette question saugrenue m'avait apaisée. Il était ridicule. Enfin. Je ne voyais pourtant pas où il voulait en venir. D'un geste décidé, il a ouvert la portière et m'a dit de le suivre. J'avais réussi à le convaincre. Il m'emmenait chez moi, me prenait la clé des mains, l'introduisant nerveusement dans la serrure. La porte à peine ouverte, il se précipitait dans la chambre, me tirant pas le bras, et entreprenait de me dévêtir comme s'il avait été poursuivi par le diable. Il se croyait envoûté, le pauvre homme !

Quand il a posé sa tête sur mon sein, enfin, après

tant d'années de guerres, il a pris mon téton tout entier dans sa bouche. Ses yeux se sont fermés. Une expression de douceur et de sérénité que je ne lui connaissais pas a envahi son visage. Il est resté ainsi, longtemps, tétant par à-coups mon sein vide, caressant l'autre de sa main. Sans changer de position. Ce n'était pas du sexe. Seulement de l'apaisement qui arrivait enfin.

Puis, lentement, il s'est mis en mouvement. À sa manière de placer sa main au creux de ma hanche, de palper mes chairs et d'en saisir les plus généreuses, de s'y accrocher comme à une bouée de sauvetage, j'ai réalisé à quel point il avait besoin de moi, et comme c'était inavouable pour l'homme qu'il voulait être.

Cette nuit-là, nous avons fait l'amour comme si notre vie en dépendait. Il fermait les yeux et projetait sa tête en arrière pour que je ne le voie pas pleurer. D'ordinaire silencieux, il gémissait maintenant, murmurait des mots que mon oreille affamée entendait sans douter. Il disait :

– Que je t'aime, Ida, que je t'aime… !

Pour une fois endormie, confiante à ses côtés, je ne me suis même pas réveillée quand il s'est rhabillé avant de disparaître dans le petit matin.

34

– Jamais plus nous ne serons ensemble. Jamais plus je ne reviendrai vers vous. Je sais quelle femme vous êtes, je n'en ferai plus l'expérience.

Les mots d'Adrien se cognent dans ma tête. Je ne les comprends pas plus aujourd'hui qu'au cours de cette nuit pluvieuse à Cannes où ils se heurtaient implacablement aux vitres de la voiture, se mêlant à la musique sadique jouée par la pluie quand on a froid. Quel être suis-je ? Qu'ai-je fait pour que ces mots s'adressent à moi ? Depuis mon plus jeune âge j'ai tenté de me fondre dans les désirs de mon père, dans ceux de ma mère, dans ceux que je croyais comprendre des hommes. Me fondre dans la duplicité de mon propre reflet. Je n'étais qu'un mensonge.

Je me suis tant et si bien amalgamée que j'ai perdu mon identité. Et là, brusquement, devant la voiture, il me tuait une centième fois. Il savait que je ne me relèverais pas de ce dernier coup et je crois que c'est cela qu'il voulait. S'il ne pouvait m'aimer, fallait-il que je meure ?

J'ai appris à vivre sans Adrien pendant plusieurs mois. J'ai tout retenu, tout étouffé dans mon ventre pour tenter de rester en vie. Et comme d'habitude il m'a rappelée. L'air de rien. Je me suis donnée sans poser de question. Sans chercher à comprendre. Après tout, c'était peut-être ça qu'il fallait vivre. Une histoire de peau. Une histoire sans paroles.

C'est encore lui que je vois sur le mur devant moi.

« J'aurai ta peau. »

Il scande cette phrase sans relâche. Ses yeux dégagent des éclairs de colère, ses mains tremblent un peu. Je le reconnais à peine. Où est passé cet être léger, insouciant, qui m'accusait de lourdeur ? Où est passé le papillon qui ne se posait jamais ? Il se frappe la poitrine à coups de poing.

– Je sais ce qu'est la souffrance. Quand on vous arrache un bras ! Personne ne me fera plus jamais ça ! Personne n'entrera plus jamais là !

Et de cogner son cœur, redoublant de violence. Il me fait peur. Je préférerais en rire. Mais c'est un rire avorté qui sort de ma bouche. En se frappant, c'est moi qu'il blesse, encore et encore.

Pourquoi suis-je ici, enfermée dans ces murs bavards ? Qui a permis à Adrien d'envahir les murs de sa haine ? Je ne veux plus me souvenir.

35

Je suis couverte de bleus. Mon épaule droite est raide et tout mon corps me fait souffrir. Quand j'ai ouvert les yeux ce matin, j'ai cru que j'étais sur un bateau malmené par la houle.

Mon sang circulait douloureusement sous son enveloppe meurtrie. J'ai voulu bouger mais on m'avait attachée. Mes bras étaient croisés sur la poitrine, enserrés dans un tube de tissu blanc, mes jambes immobilisées par des sangles. Chaque mouvement que je faisais libérait aussitôt le feu des contusions. J'ai attendu longtemps qu'on vienne. Sans crier. Que m'est-il arrivé ? Combien de temps me laissera-t-on moisir dans cette camisole ? Qu'ai-je bien pu commettre pour mériter cette punition ? Je me souviens avoir marché doucement sur la voie de la liberté. Hier soir, j'ai vu la petite lumière qui m'indiquait le chemin à suivre pour sortir d'ici. Hier soir, Alexandre m'a délivrée de mes chaînes. Sur son front flottait une flamme vacillante. Il ne disait rien. Exécutait comme une danse légère autour de moi.

J'entendais le son régulier d'un tambour qui s'amplifiait. Et une mélopée plaintive chantée par une voix grave. C'était un chant indien, comme ceux qu'Alexandre aimait écouter quand il avait quatre ans. Des chants d'espoir, qui à mes oreilles sonnaient comme des appels au soulèvement. Il a continué un moment ses petits pas sans jamais lever les yeux sur moi, puis la musique s'est tue.

– Habille-toi ! On sort d'ici.

J'ai obéi sans dire un mot, de peur de rompre le charme. Il a marché vers le mur blanc, s'est retourné vers moi. La petite flamme a brillé encore une seconde puis s'est éteinte et il a disparu. J'ai continué à le suivre. J'ai traversé le mur.

– Vous avez voulu passer à travers le mur cette nuit, madame Sayag ? Regardez où cela vous a menée ! Vous êtes meurtrie de tous côtés, votre crâne est couvert d'ecchymoses et vous nous avez obligés à employer les grands moyens ! Il a fallu la force des deux infirmiers pour vous immobiliser !

C'est donc ainsi que se terminera mon évasion. Retour à la case départ avec en prime un châtiment corporel que je me suis infligé toute seule et qui m'empêchera probablement de mettre pied à terre avant un moment.

Alexandre, tu t'acharnes avec tant de sadisme. Tu m'entraînes dans un film d'horreur où chaque minute d'espoir est aussitôt suivie d'une minute de terreur. Je suis devenue une marionnette qui attend que l'on en actionne les fils. Tu joues le jeu d'Adrien. Il n'aurait pas mieux agi : me regarder me noyer, me tendre une main salvatrice et la retirer au dernier moment.

Ce fut ainsi le jour maudit où je le demandai en mariage. C'était un midi pluvieux. Un de ces jours où, comme dirait Pessoa, je n'ai jamais eu d'avenir. Tant la pluie est froide, le ciel est noir et les idées aussi.

Je m'étais réveillée nerveuse, dans l'attente de quelque chose. Chaque geste que j'effectuais me demandait un effort surhumain. Tous mes membres tremblaient. J'avais passé cinq jours à chasser Adrien de mes pensées mais il revenait systématiquement s'installer dans ma tête. Le matin du cinquième jour, j'avais pris cette décision saugrenue de le demander en mariage. Comment formuler une telle idée ? Après toutes ces années à souffrir par lui, à le regarder partir et à le voir revenir, à vivre son indécision, mes questions sans réponse, j'étais arrivée à la conclusion masochiste qu'il était le seul à pouvoir accompagner mon existence, me soulager, me soutenir, me rassurer. Je n'osais partager cette idée avec quiconque tant je la savais absurde. Adrien m'avait-il soutenue une seule fois, m'avait-il rassurée en quoi que ce soit ? Il fallait pourtant que j'aille au bout de cette nouvelle tentation d'autodestruction en espérant que ce serait la dernière.

Je ne l'avais pas revu depuis le dernier voyage qu'il avait consenti à m'accorder. Une semaine à le suivre comme son ombre, au pas de course à travers les salles du Met et partout où il décidait de se rendre, boulimique de tout ce que ses yeux pouvaient englober, avide de tout ce que sa mémoire pouvait retenir. Complices muets le jour, nous devenions amants à la nuit tombée. Jamais un geste tendre avant que la porte de la chambre ne se fût refermée. Alors nos corps s'emboîtaient et nos salives se mêlaient dans un pacte silencieux. Chaque matin, doucement, je m'écartais de lui pour être sûre qu'il ne se lève pas avant moi. Je passais devant le miroir qui, à ces heures, révélait deux images, parfaitement superposées, irradiant de bonheur calme.

Puis notre course reprenait. Toujours au pas de charge, nous arpentions Manhattan de la 50e à Tribeca, à la recherche d'une invitation souriante, d'une nouvelle aventure à vivre, comme deux fauves sur un même territoire et qui refusent l'affrontement. Notre rituel était mécanique. Sans aucun romantisme. Une trêve implicite en attendant une chute certaine.

Le retour fut salutaire. La bulle était au bord de l'implosion.

Depuis, il m'avait rappelée une fois, pour ne rien me dire. Je m'étais accrochée à ses mots rares comme on se pend à une corde en espérant qu'elle cède. Mais c'est lui qui avait cédé à l'appel du large. Il repartait. Avec qui ? Je ne voulais pas le savoir. Rester dans l'ignorance le plus longtemps possible. Repousser les limites de la crédulité.

Mais ces longues périodes où il ne donnait rien m'étaient de plus en plus pénibles. Les fables que j'inventais autour de lui remplaçaient la réalité et je m'enfonçais dans une folie douce. Alexandre était transparent. Je ne m'occupais de lui que par habitude, ne ratant pas une occasion de le laisser chez les uns et les autres, invoquant toutes sortes de raisons, pourvu que je fusse seule.

Le téléphone sonna à 12 h 30. C'était Adrien. Je ne le laissai pas dire un mot :

– J'attendais votre appel, il faut que je vous parle. Venez.

Il n'avait demandé aucune explication. Il arriva peu de temps après pour me trouver au comble de l'excitation. Le café que nous bûmes acheva de me faire trembler et c'est d'une voix haletante, à peine audible, que je prononçai ces mots :

– Voilà. Je voulais vous dire... Est-ce que vous pensez à moi de temps en temps ?

Je n'arrivais pas à me lancer. Mais c'était reculer pour mieux sauter. Puis enfin :

– Je veux vivre avec vous, porter votre enfant et votre nom. Je veux vous épouser.

J'avais fini par cracher ces mots d'un seul jet, comme on se débarrasse d'un chat dans la gorge. Il se tenait à mes côtés, comme toujours, silencieux, le regard appuyé, même pas étonné. Il dit simplement :

– Calmez-vous ! Ce que vous pouvez être stressée ! Détendez-vous.

Puis il se mit à parler d'autre chose, comme si mes paroles ne l'avaient même pas effleuré. Tout à son art de la dissimulation. Je n'osai ajouter un mot. Le message était clair, il fallait lui laisser le temps de saisir l'énormité de ce que je venais de dire. Qu'il réalise combien il avait été difficile de prendre la place d'ordinaire attribuée à l'homme agenouillé devant la fiancée dédaigneuse. Une ruche entière vrombissait dans mon cerveau. Me jeter ainsi à ses pieds, le supplier de me garder, descendre aussi bas… Quel être humain se délecte de son semblable à genoux ?

Pourtant, les mots que j'avais prononcés étaient chargés d'amour. Combien de fois avais-je rêvé me les entendre dire ? Je préparais depuis longtemps ma réponse. Y penser me faisait saliver d'envie. Tôt ou tard, Adrien aurait baissé les armes. Il vieillissait plus vite que moi, à cette époque. Mais j'avais inversé les rôles et plus rien ne correspondait à ce que mon imagination avait fait naître.

– C'est flatteur tout de même !

Cela alluma dans mon ventre une lueur d'espoir. Il me tendait une main. Puis, secouant la tête :

– Il faut que j'y aille, je n'ai pas le temps pour vos enfantillages.

Je l'ai laissé partir, arrachant à ses lèvres un baiser sec et insipide, et j'ai ouvert une bouteille de rhum vieux.

Enfin, ivre de honte et d'alcool, j'ai avalé une dizaine de relaxants musculaires. Alexandre était chez des amis, je ne me suis réveillée que deux jours plus tard.

36

Pourquoi t'ai-je trouvé si parfait ? Tu t'es imprimé à jamais dans mon cerveau, comme l'exacte définition de ce que doit être un homme. Qui rit, qui pleure, qui peut caresser ou rabrouer… Qui sait l'univers, en détient le savoir, et qui le transmettra… Sportif imaginatif, souple et puissant, la silhouette protectrice dont les bras se referment délicatement sur tout ce qui peut se briser… Tu me soulevais d'un doigt. Tu m'installais sur tes genoux, me laissais grimper sur tes épaules, rire dans tes oreilles et baver dans ton cou.

J'ai trois ans et je te vois tel que tu resteras fixé dans mon esprit.

Mon père, mon homme.

Jure-moi que tu me garderas toujours, que tu m'empêcheras de sortir de l'écrin, je ne veux pas avoir de destin. Promets-moi d'être toujours à moi, qu'aucun autre homme jamais ne me touchera.

Ça me remonte dans la gorge et ça m'étouffe.

Beaucoup d'hommes ont goûté ma bouche et ma

peau. Je les ai choisis clochards universels, perdants pathologiques, des hommes qui n'en étaient pas, à qui il manquait des pièces. Je les ai choisis parce qu'il le fallait, parce qu'ils ne te ressemblaient pas. Ils m'ont possédée, m'ont ensemencée, accompagnée dans mon épanouissement sexuel d'une lenteur anachronique, mais jamais ils ne t'ont remplacé.

Puis j'ai rencontré Adrien. Et tout a basculé.

37

Cette nuit j'ai été réveillée par un baiser. Des lèvres douces se posaient délicatement sur ma joue. Elles étaient épaisses et chaudes. Le baiser s'imprimait au ralenti en laissant sur ma peau une idée de l'éternité. J'ai ouvert les yeux mais je n'ai vu personne. Pourtant, cette présence vibrait toujours contre mon visage. Elle alluma en moi une envie brutale. J'écartai les jambes. L'haleine était fraîche. Elle dessinait sur mon front un cercle imaginaire et descendait le long de mon nez pour venir mourir au creux de mon oreille offerte. La langue en joua un instant et, quand elle en quitta le lobe pour s'insinuer plus bas, le pavillon résonnait de paroles jamais entendues. Des mots qui dominent, imposent et exigent, mais aussi des mots crus qui avilissent. Je n'étais qu'un brasier. Les lèvres prenaient leur temps, étudiant mon anatomie dans tous ses angles secrets, goûtant chaque centimètre de peau, humant chaque parfum et pénétrant mon sexe pour en recevoir les débordements. J'avais refermé les yeux, dans une tentative inutile de superposer au visage fantôme celui de mon choix. Mais rien ne vint. L'absence s'était installée.

Puis la bouche s'habilla d'un corps tout entier qui se posa sur moi comme un aigle se pose sur sa couvée. Il se vêtit de moi avec la précision mécanique d'un danseur de tango qui capture sa cavalière préférée.

Les heures de la nuit défilèrent dans une danse étourdie et muette. Quand je me réveillai au petit matin, mon amant spectral avait disparu, emportant au passage l'odeur de l'amour, la souillure des draps, les marques sur mon corps et les gouttes de semence qui avaient coulé dans mes cuisses. J'écartai les jambes pour toucher mon sexe encore irrité et gonflé par les assauts nocturnes mais mon index ressortit sec.

Il ne me restait que la douleur.

38

Alexandre ne revient pas. Adrien non plus. J'ai épuisé sur le mur mes dernières forces. J'atterris d'un voyage chaotique, un voyage annonciateur d'une fin imminente. Je suis remontée si loin et je n'ai rencontré que peines et salissures. Et cette honte qui a progressivement enseveli ma vie tout entière. Ce que j'ai pu inventer pour m'absoudre, excuser ma naïveté jusqu'à l'inadmissible. Comme je me suis mal aimée pour aimer mon fils si mal.

J'atterris sur les os et je me fracture. Des morceaux de moi qui ne valent plus rien. Voilà ce qu'il reste de ma pauvre vie. J'ai reculé longtemps à l'abri de ces murs qui, au début hostiles, ont protégé ma guérison. Mais à quoi ai-je guéri, si ce n'est à l'horreur ?

Le médecin psychiatre qui passait deux fois par jour malgré mon mutisme n'a jamais pu obtenir de moi le début d'un élément explicite, mais il a réussi son office bien malgré lui. Il a semé en moi les germes de la lucidité. Il a volé mon inconscience, libéré ma culpabilité, accusé mon inconséquence.

Je sais aujourd'hui pour la première fois quel jour nous sommes.

Il va falloir parler. Tout dire. Et l'on me sortira d'ici. J'irai en prison. Elle ne sera pas chimique mais bien réelle. Il y aura un procès, bien sûr, et ma vie jusqu'alors si inutile à ceux que j'ai aimés défilera encore plus inutile aux yeux de tous. Je retournerai en prison et cette fois pour de bon.

Je me dégoûte. Je ne vivrai pas un jour de plus.

Adrien est mort. Je l'ai vu à la télévision. Il a succombé à une hémorragie cérébrale qui a grillé les trois quarts de son cerveau. Lui qui prétendait vivre centenaire, la vie lui a fait le pied de nez dont j'aurais rêvé être l'artisan. Il venait de recevoir un prix de l'Unesco, c'est pourquoi on lui avait consacré une minute dans un journal national. Quand j'ai appris son décès, je n'ai versé aucune larme. De toute façon je suis sèche. J'ai seulement ressenti une vague mélancolie. Pareille à celle qui s'empare de moi quand je quitte un endroit aimé que je sais ne jamais revoir. Une porte s'est refermée. Une porte lourde que de son vivant je n'ai pas réussi à pousser.

Aujourd'hui, je lui en veux. Si mon ressentiment à son égard avait pu le tuer, au lieu de cette pitoyable hémorragie, j'en aurais éprouvé du plaisir. Non, je ne suis pas généreuse. Pas avec les criminels. J'ai voulu qu'il crève. Qu'il crève et que ça lui fasse mal.

Ces derniers temps je ne ravalais plus mes larmes et je ne taisais plus mes cris. J'étais devenue pour mon fils la vitrine du malheur. Je ne me cachais plus, mais lui, je ne le voyais pas. Adrien ne prenait plus la peine de retenir l'agressivité qu'il nourrissait à son encontre. Il le maltraitait systématiquement, le ridiculisait en public et le culpabilisait à table, à cause d'un embonpoint naissant qui laissait augurer d'un physique plus dodu qu'athlétique. Non content d'avoir achevé de me détruire, d'avoir tué le peu d'estime que j'avais de moi, il avait entrepris un travail de sape qui commençait à porter ses fruits.

Un soir qu'Alexandre était couché depuis plus d'une heure, Adrien sonna à la porte. Je ne l'attendais plus. Nous avions eu des mots plus violents qu'à l'accoutumée car pour une fois c'était mon travail qui allait être salué, lors d'une conférence publique. J'y avais amené Alexandre et, pour l'occasion, lui avais prêté un foulard de soie marron que m'avait offert Adrien. Il était beau et fier de se sentir grand à mes côtés. Adrien était parti avant même le début des discours et la soirée s'était déroulée joyeusement, plus légère que prévue.

De retour à la maison, je récupérai le foulard, couchai mon fils et m'installai dans le salon avec un roman. Quand on sonna à la porte, j'étais à cent lieues de m'attendre au déferlement de haine et de colère qui allait dévaster mon cocon. Adrien déboula dans l'entrée, le regard vitreux fixé au bout du couloir où se trouvait la chambre d'Alexandre, fonça tout droit et fit irruption bruyamment dans la pièce. Il secoua mon fils, l'attrapa par le cou, lui intimant l'ordre de lui rendre ce qui ne lui appartenait pas. Alexandre, endormi, se mit à gémir. La main d'Adrien enserrait son cou, l'empêchant de respirer. Au début, plaquée au mur du couloir, je n'ai pas bougé. Puis, enfin, électrisée, je suis allée au secours de mon enfant, l'arrachant à l'emprise d'Adrien. Il retomba lourdement sur le lit, essoufflé, haletant. Quelque chose en moi était entièrement démoli mais des sentiments contradictoires me dominaient. Je ne voulais pas perdre Adrien, même si pour cela il fallait sacrifier la chair de ma chair.

Il est reparti comme il était arrivé, dans un vent de fureur, cuver sa colère ailleurs.

C'est cette nuit-là que la descente s'amorça.

Pour la première fois, Alexandre me dit en me regardant bien dans les yeux :

– Maman, je ne veux plus te voir, je ne veux plus vivre avec toi, je veux partir d'ici. Je te déteste !

Mon enfant raisonnait. Il raisonnait et se défendait. Un instinct de survie, une clairvoyance précoce l'avait amené à considérer que je n'étais plus un rempart de protection mais la main qui creusait le péril. Il devenait grand. Un homme. La menace qu'il se mue en l'un de ceux qui, de Charybde en Scylla, m'avaient volé ma vie était inacceptable.

39

Aujourd'hui, c'est le dernier jour.

Le médecin psychiatre et un nouvel avocat dont je n'arrive pas à retenir le nom m'encadrent. Ils sont assis l'un en face de l'autre, prêts à entendre ce que je veux leur dire.

– Ce soir-là, j'étais en colère. Comme toujours, cette colère était dirigée vers Adrien. Il m'avait une fois de plus déconsidérée et son mode opératoire devenait de plus en plus sadique.

Nous avions dîné à trois, dans la petite cuisine de l'appartement, Alexandre, Adrien et moi, pour une fois assez sereinement, jusqu'à ce mon fils lui demande :

– Pourquoi vouvoies-tu maman ? Vous vous connaissez depuis longtemps…

– Comment pourrais-je tutoyer quelqu'un qui n'est pas de ma famille, ni même de mes amis ! Tu sais, Alexandre, j'avais une femme et un petit garçon, de ton âge, exactement. Il y a huit ans, je les conduisais dans notre maison de campagne en Charente quand notre voiture a été percutée de plein fouet par un poids lourd. Ma femme et mon fils ont été tués sur le coup. Voilà pourquoi je ne tutoie pas ta mère, vous ne prendrez jamais la place de ceux qui m'ont été enlevés.

Devant cette explication fantaisiste, j'étais restée sans voix. Alexandre avait filé dans sa chambre sans ajouter un mot.

– Adrien, pourquoi racontez-vous ces horreurs à mon fils ? Vous n'avez jamais perdu d'enfant et votre femme s'est remariée l'année dernière avec un acteur de cinéma ! lui ai-je dit, au comble de la perplexité.

Et lui de répondre en martelant :

– Ida, pour la dernière fois, je n'aime pas votre fils, je ne vous aime pas. Je ne sais toujours pas ce qui m'attire inlassablement vers vous. C'est comme une maladie à laquelle on s'attache en espérant guérir. Que cela soit clair entre nous, une fois pour toutes ! Merci pour le dîner, c'était délicieux, je rentre chez moi.

Il s'était levé, attrapant son imperméable, et avant que j'aie pu ajouter quoi que ce soit, avait claqué la porte de l'appartement.

Seule dans le vestibule, défaite et chancelante, je me dirigeai vers la chambre de mon fils pour rétablir la vérité, prête à m'épancher. Quelle ne fut pas ma surprise de le voir sortir la tête de la salle de bains, toute proche de la cuisine. Il avait tout entendu. Un mélange de colère et de tristesse se lisait sur son beau visage, mais les mots qui sortirent de sa bouche étaient ceux de l'adolescent que je ne l'avais pas vu devenir et avaient quelque chose de définitif :

– Voilà, maman, c'était la dernière fois que j'assistais à ton odieuse histoire. Je m'étais juré de ne plus rester avec toi si tu me mettais à nouveau face à cette comédie sordide et là, tu as atteint un sommet. Je vais partir, on m'attend en bas. Je ne veux plus jamais te revoir, débrouille-toi sans moi.

À ces mots, il sortit de la salle de bains et je réalisai qu'il était habillé de pied en cap et portait dans son dos un sac bien rempli. Il a foncé vers la porte, est sorti sur le palier et, sans un regard, a commencé à descendre les escaliers.

Alors, l'autre s'est réveillée en moi. J'ai senti un volcan exploser dans mon ventre. J'ai dévalé la première volée de marches à la suite d'Alexandre. J'ai voulu l'empêcher de partir. L'arrêter, simplement. Mais l'autre, redevenue forte, au lieu de le retenir, l'a poussé avec violence en bas de l'escalier.

Il ne pouvait pas me faire ça. Pas lui. Pas cet enfant que j'avais couvé. Que j'avais volontairement conservé dans l'innocence pour ne jamais devoir être témoin de sa métamorphose. Je soufflais rageusement que tous ceux qui me quitteraient désormais subiraient le même sort. Je ne les laisserais pas vivre alors que moi je mourais. Au pied de l'escalier, Alexandre ne bougeait pas.

J'ai dévalé la volée de marches jusqu'à lui, me suis agenouillée, et là j'ai compris.

Je l'avais tué.

Mon petit enfant magique, dont la simple vue me consolait de tout, même quand je prétendais le contraire. Je venais de lui ôter la vie.

Je suis descendue dans le hall de l'immeuble, j'ai ouvert la porte d'entrée et, comme je m'y attendais, il n'y avait personne.

Alors je suis remontée. L'autre, apaisée, avait réintégré sa place, au fond de ma colère. Il ne restait plus que moi, seul témoin d'un monumental gâchis. Et le corps de mon fils.

Je crois que c'est à ce moment là que j'ai perdu connaissance.

Épilogue

Je suis un morceau de femme. Chaque parcelle de ma vie a confisqué les autres. Il ne m'en reste qu'une et celle-là, je l'offrirai à nouveau à la souffrance et à la destruction. Je suis prête à mourir étranglée par d'autres mains parce que je ne suis rien si elles n'existent pas.

Composition IGS-CP
Impression CPI Bussière, janvier 2010
à Saint-Amand-Montrond (Cher)
Editions Albin Michel
22, rue Huyghens, 75014 Paris
www.albin-michel.fr

ISBN 978-2-226-19583-8
N° d'édition : 18572/01. – N° d'impression : 093602/4.
Dépôt légal : février 2010.
Imprimé en France.